KB001854

우리 봄날에
다시 만나면

우리 봄날에
다시 만나면

1판 1쇄 발행 2024. 04. 30.
1판 2쇄 발행 2024. 05. 27.

지은이 능행

발행인 박강휘
편집 강지혜 디자인 조은아 마케팅 김새로미 홍보 반재서
발행처 김영사
등록 1979년 5월 17일 (제406-2003-036호)
주소 경기도 파주시 문발로 197(문발동) 우편번호 10881
전화 마케팅부 031)955-3100, 편집부 031)955-3200 ㅣ 팩스 031)955-3111

저작권자 © 능행, 2024
이 책은 저작권법에 의해 보호를 받는 저작물이므로
저자와 출판사의 허락 없이 내용의 일부를 인용하거나 발췌하는 것을 금합니다.

값은 뒤표지에 있습니다.
ISBN 978-89-349-3963-4 03810

홈페이지 www.gimmyoung.com   블로그 blog.naver.com/gybook
인스타그램 instagram.com/gimmyoung   이메일 bestbook@gimmyoung.com

좋은 독자가 좋은 책을 만듭니다.
김영사는 독자 여러분의 의견에 항상 귀 기울이고 있습니다.

우리 봄날에
다시 만나면

능행 지음

나는
죽음을 돌보는
수행자입니다

김영사

© 성오 스님

"생의 모든 현상은 꿈같고 환상 같고 물거품 같고
그림자 같고 반짝이는 이슬 같고 번갯불 같으니,
그대 마땅히 그와 같이 알아야 할지니라."

〈금강경〉

오래된 이야기

이 책에는 수많은 사람들의 삶의 역사 가운데 마지막 한 페이지가 들어 있다. 인생의 희로애락과 삶의 종착역에서 돌아올 수 없는 여행을 떠나려는 이들의 이야기이다.

평생을 투자하여 만든 업業의 가방을 들고 메고 지고 떠나려는 사람들 곁에서, 이생에서 수고가 많았다는 마음을 담아 따스한 차 한잔으로 마른 목을 적실 수 있도록 돕는 일을 하며 살아온 지도 올해로 30년이 되었다.

이 책 속의 이야기들은 오래전 세상에 소개되어 긴 세월 동안 사람들의 메마른 가슴에 맑은 눈물로 맺혔고, 이는 다시 사랑의 씨앗으로 자라났다. 나는 인쇄된

책이 모두 소진되면 그것으로 독자와 인연이 다하리라 여겨졌지만, 많은 이들이 내 이야기를 계속 듣고 싶어 한다는 소식에 오랫만에 원고를 다시 다듬고, 그때 그 시절의 배경을 되돌아보는 시간을 가졌다. 이런 마음을 담아 이 책이 세상 사람들과 만나게 된 인연을 지금 여기에 적는 것이 독자들의 이해에 도움이 될 것이라고 생각한다.

나는 대한불교조계종 비구니 승려이며, 죽어가는 이들을 보살피는 일을 수행으로 삼고 현재 울산시 울주군 상북면 근교에 정토마을 자재병원을 짓고 운영하고 있다. 이 병원은 불교계에서 운영하는 유일한 호스피스 전문병원으로, 말기 암 환자들의 마지막 삶의 질을 높이려 힘쓰는 곳이다. 나는 이곳에서 죽음과 사후 생에 대해 안내하는 소임을 살고 있다.

지금의 자재병원 탄생의 원천인 충북 청주시 미원면 현재 청주 정토마을 수행센터가 있는 자리에, 1997년 미원면 대신리 산기슭 땅 4천 평을 구입하면서 오늘날 정토마을 공동체 설립의 토대가 마련되었다.

죽어가는 이들을 돌보는 활동을 하던 중 뜻이 있는 불자들과 마음을 모아서 땅을 구해 말기 암으로 고통

받는 이들을 도울 수 있는 호스피스 돌봄센터를 건립하기로 했다. 이후 전국 사찰을 대상으로 모금탁발을 시작해 1999년 1백 평짜리 건물에 호스피스를 위한 열다섯 병상을 준비했고, 2000년 3월 간호사 네 명과 지역 보건소 및 종합병원과 연계하여 환자들의 마지막 삶의 질을 높이는 활동을 체계적으로 시작했다.

청주 정토마을 호스피스 돌봄센터에서 도움을 받고자 했던 사람들은 가난하거나 가족이 없는 환자들이 대부분이었다. 이런 환자들의 상황을 고려해 센터 이용은 무료로 시작되었고, 전국에서 도움을 주는 후원자와 봉사자들의 헌신으로, 환자들은 삶의 끝에서 조금이나마 도움을 받을 수 있었다.

죽어가는 이들의 마지막 삶의 현장은 희로애락 우비고뇌 생로병사에서 비롯된 영적 고통이 질퍽한 진흙탕 같은 곳이었다. 이곳에서 네 명의 간호사와 밤낮없이 환자를 돌보며 나는 때때로 길을 잃었고, 벗어나고 싶은 충동을 느꼈다. 그럴 때마다 어깨에 걸친 가사袈裟가 발목을 잡아주었다.

청주 정토마을 호스피스 돌봄센터에서 환자와 그들의 가족까지 보살피다가 2013년 7월 울산시 울주군 석

남사 근교에 병원을 건립, 완공하여 환자들을 모두 자재병원으로 옮겨 오게 되었다. 그리고 청주 정토마을은 또 다른 모습인 수행센터로 탈바꿈하여 좋은 삶과 좋은 죽음을 위한 수행처로 성장하고 있다.

현재 자재병원은 호스피스 전문병원으로 교계 스님들을 비롯해 많은 이들의 마지막 삶에 안식처가 되고 있으며, 다음 생을 위한 준비를 배우는 교육의 장, 영적 돌봄의 영성을 키우는 전문 임상기관으로 사회적, 영적 고통 완화에 불교계와 함께하고 있다.

나는 환자를 돌보다가 죽음의 문턱까지 간 적이 있다. 그때 내가 죽으면 내 뒤를 이어 정토마을 호스피스 병원을 운영할 후임자에게 전하기 위해 작은 노트북에 1995년부터 2004년까지 환자를 돌보며 겪은 가슴 아픈 이야기를 정리해 담아두었다. 그런데 부처님의 가피로 죽지 않고 살아 그 내용들이 2005년 책으로 나와 세상 사람들과 만나게 되었다.

많은 시간이 흘러 세월의 한 언저리에서 다시 이 원고를 펼쳐보며 그때 그 상황들을 살펴보려니 두려움과 그리움이 교차하면서 세월의 무상함을 느끼게 된다.

이 책 속에는 울산 자재병원 일뿐만 아니라 청주 정

토마을 호스피스 돌봄센터에서 환자들을 만났던 파란만장한 나의 40대 인생의 작은 한 페이지도 담겨 있다. 20년 전 그때를 회상하며 부족함으로 남았던 틈새를 조금씩 다듬어보았다.

부디 이 책을 읽는 독자분들이 책 속 이야기가 타인의 삶이 아니라 나의 마지막 삶일 수도 있다는 마음으로 가슴속에, 눈 속에 담아주기를 기원한다.

《섭섭하게, 그러나 아주 이별이지는 않게》《숨》《이 순간》. 이 책들을 사랑했던 그리고 사랑할 모든 분에게 사랑을 전한다.

삶의 질이 곧 죽음의 질이며
죽음의 질이 곧 그다음 생의 질적 기반입니다.

능행 드림

"그대의 마음이 바로 영원히 변치 않는 빛,
아미타바이다. 그대의 마음은 본래 텅 빈 것이고
스스로 빛나며, (…)
본래 태어남도 죽음도 없는 것이다."

《티벳 사자의 서》

차례

8   **서문**   오래된 이야기

1 꽃이 피고
지는 것처럼

19   또 다른 생을 향해
24   어머니 떠나던 날
36   나의 기도 안의 아이
43   이 별에서의 이별
49   한창 웃고 공부할 스물한 살
54   극락에는 치과가 없소?
65   그리움
71   백금 귀고리를 하고 떠난 그니
82   파도가 들려주는 법문
88   별이 되어 빛나는 스님을 기억하며
99   별처럼 아름답게

2 지금 이 순간이
얼마나 소중한가

109   무소유가 소유
115   기러기 아빠
126   인연과보
129   다이아몬드 반지가 담긴 보따리
142   할아버지의 용서
150   잿빛이 재로 흩날리는 날
156   가난한 사람들의 꿈
160   새털처럼 가벼운 인생

3 아름다운 이별,
   아름다운 만남

171 좋은 몸 받아 다시 오기를
179 인간 세상에도 육도가 있다
186 다음 생으로의 길에 전략이 필요하다
192 아름다운 돌봄
196 삶의 끝까지 함께하는 종교
208 다시 태어나면 아기를 낳고 싶어요
223 어디서 와서 어디로 가는가
228 언젠가 이 세상에 없을 당신에게
234 집으로 온다

4 언젠가 이 세상에
   없을 당신에게

243 희망은 우리를 춤추게 한다
247 슬기로운 삶과 죽음
254 죽음에도 배움이 필요하다
259 그대가 원하는 곳으로
264 아버지 무덤가에서 인사를 올립니다
268 태조산 금강이도 힘을 보태고
280 언양 땅에 닻을 내리고
288 다시 봄이다

꽃이 피고
지는 것처럼

1

겨울이 가고 만물이 소생하는 봄이 오면
죽음처럼 검게 변해버린 나무에서
푸른 잎이 돋고 꽃이 피고 열매가 맺힌다.

죽음은 사라짐이 아니라 또 다른 생의 시작.
단지 그 인연의 시작과 공간만 바뀌었을 뿐이다.

또 다른 생을 향해

온 숲이 진달래꽃으로 붉게 물들었다. 지금도 진달래 꽃만 보면 오래전에 만난 한 부부가 생각난다. 부부는 재래시장에서 장사를 하며 소박하게 살던 사람들이었다. 그런데 어느 날 아내가 위암 말기 판정을 받았고, 위암을 치료하기 위해 항암제 투여와 방사선 치료는 물론 몸에 좋다는 모든 것을 시도했다. 그렇게 3년간의 투병 생활이 이어졌지만, 결국 몸이 더 이상 버틸 수 없는 지경에 이르렀다. 그러자 부부는 마지막 삶을 정리하기 위해 자재병원 호스피스 병동을 찾았다. 남편은 병원을 사전 답사하면서 이렇게 공기 좋고 물 맑은 곳에 병원이 있음에 몹시 감사했고, 이곳에서 기적처럼 아내의 병이

낫지 않을까 기대하게 되었다.

병원에서 남편의 삶은 아내를 살리는 데 초점이 맞춰져 있었다. 매일같이 아내 얼굴을 닦아주고, 옷을 갈아입히고 빨래하고, 아내가 먹을 죽을 만들었다. 정성스럽게 모든 수발을 다 들었다. 사실 아내는 3년간의 투병이 너무 힘들어서 그만 몸을 놓고 훌훌 떠나고 싶었지만, 병든 자신에게 의지하며 살아가는 남편 때문에 도저히 발길이 떨어지지 않았다.

"이렇게 아프더라도 같이 살자. 떠나지 마라."

남편은 아내에게 날마다 속삭였다. 아내는 애틋하게 애원하는 남편을 두고 차마 떠날 수가 없었다. 이렇게 이별하면 다시는 만나지 못한다는 생각에 미련도 많았다. 남편을 두고 떠나자니 남편이 홀로 살아가야 할 날들이 너무 가슴 아프고 안타까워서 죽음을 향해 차마 발이 떨어지지 않았다.

그렇게 6개월이 흘렀다. 키가 163센티미터인 아내의 몸무게는 37킬로그램까지 빠졌다. 바람이라도 불면 날아갈 듯 야위었고, 몸 전체로 암이 퍼져 병이 점점 더 깊어졌다. 아내는 이제 정말 떠나고 싶었다. 더 이상 버틸 힘도 의지도 없었다.

———

진달래가 흐드러지게 핀 봄날, 아내는 설핏 잠이 들어 꿈을 꾸었다. 꿈속에서 아름다운 소녀가 다가오더니 같이 가자고 했다. 아내는 소녀의 뒤를 따라갔다. 그러자 깨끗한 물이 흐르고 수많은 꽃이 흐드러지게 핀 곳이 나타났다. 그곳은 상상할 수도 없을 만큼 아름다웠고, 많은 사람이 기도와 명상을 하고 있었다. 몸도 새털처럼 가볍고 고통이 모두 사라져 행복한 느낌이 마음 가득 스며들어서 황홀함 그 자체였다고. 이렇게 아름답고 평온한 곳에서 살고 싶었고, 고통으로 신음하는 이 세상으로 다시 돌아오고 싶지 않았다.

그런데 문득 남편에게 작별인사를 하지 않았단 생각이 들었다. 그래서 옆에 있는 사람에게 이야기했더니, 3일만 더 있다가 오라고 했다. 그렇게 아내는 꿈에서 깨어났다. 그러고는 남편과 내게 꿈 이야기를 차근차근 해주었다.

"여보, 그곳은 정말 아름다웠어. 거기 있는데 몸이 하나도 안 아팠어. 옛날 내 모습으로 돌아가 있더라고. 처녀 시절 모습인데 예쁘더라. 물에 비친 내 모습이 정말 고왔어. 당신에게 작별인사를 하지 않아서 다시 돌아왔는데, 아마 그곳이 극락세계인 것 같아. 나중에 당신도 와. 우리 그때 다시 만나자."

가만히 듣고 있던 남편이 물었다.

"그곳이 그렇게 좋았어?"

"응, 좋았어."

남편은 다시 물었다.

"정말 안 아팠어?"

아내는 남편의 말을 받아 말했다.

"정말 안 아프고 좋았어."

"그러면 가자. 지금은 너무 아프니까…… 그렇게 좋으면 그곳으로 가야지."

남편의 표정에서 깊은 슬픔과 절망 같은 것이 느껴졌다. 마침내 남편은 아내에게 떠나도 좋다고 허락을 했다. 부부는 3일 동안 살아온 옛이야기부터 그동안 투병하면서 힘들었던 이야기까지 많은 이야기를 나누었다. 그리고 아내는 남편의 품에 안겨서 잠자듯 떠났다. 남편은 자재병원 뒷산에서 진달래를 한 아름 꺾어와 아내 품에 안겨주며 말했다.

"여보, 정말 잘 가. 난 이제부터 안 운다. 당신이 극락세계로 간다고 했으니, 내가 이렇게 보내주는 거야. 나도 나중에 그곳으로 갈게. 우리 거기서 만나자……"

남편은 내게 "아내 혼자 여행을 떠났어요"라고 했다. "혼자서도 잘하겠지요?" 하며 염려의 마음을 내비치기도 했지만 크게 걱정하진 않는 것 같았다. 이렇게 혼자서 떠날 줄 알았으면 진작 살아 있을 때 같이 여행이라도 많이 다니는 건데, 하는 아쉬움과 미안한 마음이 든다고도 했다. 장사라는 것이 문 닫고 시간 내어 어디로 떠나는 게 참으로 어려운 일이라 그냥 그렇게 바삐 살았다고 이야기했다. 이젠 여행을 떠나고 싶어도 함께 가서 행복할 사람이 없다며 누구랑 가느냐고 묻던 기억도 난다. 두 분의 영원한 작별은 죽음도 이토록 아름다울 수 있다는 배움을 선물해주었다.

죽음은 그 죽음을 딛고 더 아름다운 삶으로 떠나는 여행과 같다. 남편은 아내가 꾼 꿈처럼 죽음이 육신의 고통이 일어나지 않는 곳, 아름다운 꽃이 피어나는 곳, 당신과 내가 다시 만나는 곳으로 가는 징검다리일 뿐이라는 성찰을 했다고, 사십구재 기간 동안 만날 때마다 말했다. 그는 아내의 죽음을 통해서 죽음 그리고 다음 생에 대한 배움을 시작한 것 같다.

어머니 떠나던 날

토끼가 뒹굴고 새들이 노래하며, 꽃비가 내리는 정토 마을의 5월. 오래도록 기억에서 잊히지 않는 보살님이 있다. 보살님은 위암 말기였는데 복수가 차서 걸을 수가 없었다. 보살님이 청주 정토마을에 오던 그날엔 풍경이 처마 끝에서 땡그랑땡그랑 울리고 있었다.

"시님! 참 좋소. 오메, 내가 무슨 복일까요? 참말로 좋구마. 내가 부처님 도량에서 죽는 게 팽생 소원이었지라."

칠순 노구에 병이 깊이 든 보살님은 스님들의 간호를 받으며 무척이나 행복해했다.

"오메, 내가 안 아프면 우리 시님들 옷 하나씩 만들어 드릴 터인디, 우짠디야."

막내아들과 딸의 손을 잡고 병실로 들어오던 당신의 첫 모습을 기억한다. 큰스님께 불명佛名을 받고 30년을 꼬박 절집에서 삼보를 받들며 살아왔다고 했다.

뼈만 남은 두 다리로 힘겹게 지탱하고 있는 배에서 복수를 뽑고, 미음을 준비하고 목욕 후 환의를 갈아입히고 기도를 해드렸다.

"시님! 나 여거서 죽어도 되지라?"

"그럼요."

"아들들이 못 가게 하는데, 내가 그냥 와버렸지라. 시님이 뱅원에 계시다고 해서. 여기 왔스라. 뱅원에 온께 서너 달 더 살고픈디 어쩐디야. 진작에 서둘러 와야 하는 건디."

보살님은 휠체어를 타고 법당에 가서 맨바닥에 절을 했다.

"부처님, 고맙습니다. 저는요, 극락으로 갈 테니께 부처님 그리 알아뿌리소. 날 꼭 데리고 가야 허요. 부처님! 나무아미타불!"

"아이고, 못 일어나시네."

간호사들이 난리가 났다.

"시님! 나 얼매나 살겄소? 나 부처님한테로 갈 텐데 아무 걱정 없어라. 메느리들한테는 쪼께 미안허요. 팽생

25

절에 다녔다면서 우째 이런 몹쓸 병이 들었을까 하고 말입니다. 부처님이 영험 없는 분이라고 할까 봐 걱정이 돼요. 다 내 업인디, 시님 안 그라요?"

보살님이 정토마을에 온 지 한 달, 가족들과 수시로 전화를 하지만 육신이 무너지는 소리는 점점 더 크게 들렸고, 결국엔 보살님을 중환자실로 옮겨야 했다. 중환자실에서도 보살님은 내가 들려주는 아미타불 노래를 들으며 잠이 들곤 했다. 보살님은 어느 큰 절에서 온갖 허드렛일을 하며 염불 수행을 30년 넘게 했다.

"나는 사십구재 필요 없어라. 바로 갈 텐께…… 그려두 자식이 한다믄 혀야제."

죽음에 전혀 걸림 없는 모습에, 통증이 클까 걱정하던 내 부담감이 많이 줄어들었다.

점점 무너지는 보살님의 모습에 따님에게 부탁했다. 가실 때 입을 고운 옷 한 벌 사오라고. 그러자 따님은 부드럽고 고운 잠옷을 한 벌 준비해왔다.

"시님, 나 갈 때 이 옷 입소?"

"예."

"병원복 입고 가믄 쓰겠소? 고운 것 입어야제."

호탕한 웃음을 한번 크게 웃던 보살님. 자식들과 함께

조금 더 살고 싶은 마음은 간절하지만 보살님은 떠날 준비를 하는 것 같았다.

질병으로 임종한 사람에게서는 지수화풍地水火風이 차례대로 무너지는 경향이 보인다. 보살님에게도 비슷한 임종 과정이 시작되었다. 임종 모습은 사람마다 다르다. 각자 지은 삶의 형태에 따라서, 업에 따라서 죽어가며 마지막 기맥이 끊어지는 순간까지 죽음을 중심으로 펼쳐지는 현상은 천차만별이다.

보살님의 임종 여정은 매우 순탄하게 시작되었다. 췌장암인데도 복수가 차는 것 외에는 통증이 없어서 정신도 또렷하고 소통에도 문제가 없었다.

6월 밤바람이 풍경을 스치며 지나가던 날 새벽, 보살님의 염불 소리가 점점 더 고조되었다. 육신은 무너지고 있지만, 의식은 더욱 반짝이는 지금 상태가 작별인사를 하기에 좋을 것 같아서 서둘러 자녀들에게 연락했다. 보살님은 3남 1녀를 두었는데, 큰아들 내외만 늦고 다른 자식들은 세 시간 이내로 도착했다.

보살님께 점점 죽음에 가닿을 것 같은 상황이 발생하고, 나는 임종 환자를 위한 병실로 보살님을 옮겼다. 그리고 임종을 위한 병실에 극락삼성極樂三聖(아미타불, 관세음보살, 대세지보살)을 모시고, 따님이 준비한 분홍색 실크 잠옷을 보살님에게 입히고 떠날 준비를 했다. 혈압, 맥박, 신체 증상 모두 임종이 임박했음을 알렸다. 혀가 말려들고 동공이 풀렸다.

작은아들이 말했다.

"어머니! 형 저그 오고 있는디, 조금만 기다렸다가 보고 가소. 네? 보고 가세요. 형 불효자식 만들지 말고요."

나는 보살님이 오래도록 염불 수행한 불자이니 〈아미타경〉에 나오는 말씀처럼 아미타불께서 임종 환자를 모시러 오는지 알고 싶었다. 그래서 의식이 멀어져가는 보살님에게 이렇게 물었다.

"보살님! 보살님! 아미타부처님 어디에 계세요?"

보살님이 간신히 손가락을 움직였다.

"저—기 구름 타고……"

"아미타부처님이세요? 관세음보살님이세요?"

"아미타불……"

"혼자 오셨어요?"

보살님은 아니라고 고개를 흔들었다.

고속도로를 달려오는 중이던 큰아들과 며느리가 동생에게 전화를 걸어 어머니를 바꿔달라고 했다.

"엄니, 지금 죽으면 안 되지…… 큰아들 보고 가야지."

큰아들은 전화기를 붙잡고 하염없이 울었다.

"엄니, 아버지 일찍 떠나시고 절집에서 공양주 살면서 우리 키워주셨는데, 고맙습니다. 그러니 제발 저 좀 보시고 떠나셔야 혀."

큰아들이 어머니를 간곡하게 붙잡았다.

큰아들 우는 소리를 듣던 보살님은 "야야 천천히 오그라. 운전 조심히 허고." 했다.

전화기 너머로 며느리 목소리가 들리자 "우리 며느리가 아무것두 없는 가난한 종갓집 종부라서 고생 많았다. 형제들끼리 의좋게 살아야 한다. 너그들도 염불하여 나중에 극락세계에서 만나자. 우리 며느리 고맙다. 천천히 내려오그라." 했다.

보살님은 전화기에 대고 큰아들 며느리와 작별인사를 나누었다. 또다시 전화기 너머로 큰아들 목소리가 들렸다.

"엄니! 진짜로 지금 가면 안 되지라. 아들 꼭 보고 가셔야 돼요."

큰아들이 엄니라고 부르는 소리에 주위에 있던 사람들이 다 울어서 병실이 눈물바다가 되었다.

임종에 들었던 보살님이 갑자기 고개를 좌우로 흔들더니 팔을 벌려 무언가를 잡으려 하다가 갑자기 팔을 푹 떨어뜨렸다. 임종실에 있던 가족들이 모두 깜짝 놀랐다. 그때부터 환자의 풀린 동공이 다시 모이고 혈압, 맥박 모두 정상으로 돌아왔다. 그러고는 눈을 뜨더니 작은아들을 보고 나무랐다.

"아, 이놈아! 부처님 손을 잡으려고 하는디, 니가 너그 형 보고 가라고 부르제, 니 형은 엄니를 찾지, 그 바람에 구름 위에 계시던 부처님이 잠시 있다가 오겠다고 하시며 가뿌리셨다."

가족들과 함께 보살님 깨어난 연유를 듣던 중에 이윽고 큰아들 내외가 도착했다. 보살님은 큰아들 부부를 보자마자 "부처님이 니 만나고 오라고 했당께." 하며 웃었다.

큰아들 얼굴도 만져보고 며느리 손도 잡아보고, 한 시간이 넘게 흘렀다. 보살님은 더욱더 선명하게 의식이 돌아왔다.

작은아들이 어머니를 보며 "오늘은 우리 엄니 예비소집일이었다." 하자 모두들 긴장을 내려놓고 웃었다. 한참을 그렇게 웃고 이야기하다가 둘째 아들만 남고 가족들 모두 집으로 돌아갔다. 보살님께서 거실로 나오더니 실크 잠옷을 가리키며 "나, 이 옷 벗을래." 해서 우리는 또 웃었다.

"이 옷 벗겨주고 병원복 입혀줘. 이건 나중에 입고 가야제."

우리는 보살님께 많은 이야기를 들었다. 구름을 타고 오신 부처님이 당신 손을 잡으려 하다가 아들의 애원을 들으시고 잠깐 시간을 허락하셨단다. 식사도 잘하고 잠시 모든 것이 정상처럼 보였다. 그러다가 48시간이 지난 이틀 뒤 새벽이었다.

갑자기 다시 맥박이 떨어지고 혈압도 뚝뚝 떨어지기 시작했다. 가족에게 전화를 했다. 이제는 실제 상황이라고.

막내아들이 먼저 도착했다.

"어머니 갈라요?!"

"나 부르지 마라."

"예, 알겠습니다."

"잘들 살아라."

보살님은 숨을 가볍게 몰아쉬더니 지금 달려오고 있는 큰아들을 찾았다.

"형님이 오고 있어요."

"나 지금 바쁜께."

손가락을 귀에 대는 모습이 큰아들과 통화를 하고 싶다는 뜻 같았다. 휴대전화기를 귀에 대주었다.

"야야, 니는 성질이 급한께, 천천히 오거라이. 그리고 형제지간에 우애 있게 살고…… 에미는? 에미야, 고맙다! 맏이로 고생 많았다. 잘 살아라. 내가 니 사랑하는 거 알제? 니만 믿는다. 부처님 공부 잘허고."

전화기를 내려놓으려는데 수화기 너머로 큰아들이 "어머니!" 하고 부르는 소리가 들렸다. 보살님은 눈을 감고 입속으로 염불하더니 힘없는 손을 모아 합장하고 기도했다.

"부처님, 우리나라 잘되게 해주시고, 우리 자식들 부처님 공부 잘하게 해주시고, 우리 시님 자재병원 빨리 지을 수 있게 도와주시고. 나무아미타불, 좋고 좋구나. 좋고 좋구나. 나무이미타부—울……"

가슴으로 들어간 숨이 더 이상 나오지 않았다. 동공이 풀렸다.

아침 8시경, 아무도 울 수 없는 기쁨이 충만한 열반이었다. 보살님은 합장을 한 채 무량수無量壽 아미타부처님 품으로 돌아갔다.

아! 거룩한 보살이여! 아! 거룩한 열반이여! 보살님은 합장한 채로 니르바나에 들었다. 복수도 다 빠지고 메마른 얼굴에는 홍조가 돌았다. 어디에선가 향기가 진동했다. 나무아미타불. 필시 극락정토의 향기이리라. 나는 간호사들과 임종실에 수시로 들어가 그 그윽한 향기를 맡았다. 여덟 시간 정도 퍼지던 그 향기는 정말 감미롭고 향기로웠다. 임종을 맞은 보살님의 모습에 거룩함이 깃들어서 얼굴을 덮을 수가 없었다. 잘 살아야 잘 죽는다는 걸 다시금 마음에 새겼다.

나의 기도 안의 아이

 앰뷸런스 한 대가 병원 로비로 들어오더니, 체구가 아주 작은 환자가 병실로 옮겨졌다. 이내 사무실로 직계가족들이 들어왔다. 초등학생 여자아이와 이제 갓 스물을 넘긴 듯 보이는 여성이 가족의 전부였다.

 환자 가족을 상담하며, 서른 초입에 열두 살 아이의 엄마인 환자가 뇌종양으로 4년을 앓았다는 사실을 알게 되었다. 남편은 병든 아내를 두고 떠나버렸다고. 동생은 몇 년째 어린 조카와 언니의 투병을 도왔는데 언니의 통증이 너무 심해져 자재병원으로 오게 되었다고 이야기했다.

 동생도 결혼해 아이 셋을 둔 처지인지라 두 칸짜리 방

에서 모두 일곱 가족이 살았다고 했다. 그 상황에서도 산 사람을 포기할 수 없어서 돈을 모아 언니 몸에 번진 암을 수술했다고. 하지만 그런 노력에도 불구하고 암이 점점 뇌 전체로 전이되어 호스피스 병원을 찾게 되었다고 동생은 담담하게 말했다. 동생의 목소리 너머로 그동안 가족들이 겪었을 정신적 육체적 소진이 내게로 왈칵 밀려들었다.

악성 뇌종양이 신경을 누르는 바람에 환자는 시력과 청력을 모두 잃었다. 그뿐인가, 가래가 코와 입으로 줄줄 흘러내렸고…… 환자의 사연은 귀로 들을 수도, 환자의 상태는 눈을 뜨고 볼 수도 없었다. 환자와 열두 살짜리 소녀, 단둘만이 직계가족이라니…… 바라만 봐도 가슴이 저며왔다.

무표정하게 엄마를 쳐다보는 아이에게 다가가 이름을 물어보니 '희야'란다. 표정 없는 모습과 달리 이것저것 입원 상담에 답하는 아이의 모습은 이미 어른이었다. 퉁명스러운 말투에 자신감 없는 목소리였지만 엄마를 이곳으로 모시기 위해 마음을 다하는 것 같았다.

집에서는 사촌 동생도 봐주고 청소도 하며 공부도 곧잘 하는 아이라고 아이의 이모가 덧붙였다. 환경이 아이를 얼마나 힘겹게 만들었는지, 아이는 엄마를 혼자 병원에 두고 주저 없이 이모 집으로 가겠다고 했다. 이모의 말을 빌리자면, 딸아이가 엄마를 힘겹게 생각할 뿐 좋아하지 않는단다. 보지도 듣지도 못하는 엄마가 딸아이만 밤낮 찾으니 아이가 얼마나 힘들었겠냐고 말하며 이모가 울었다. 곁에서 이모 말을 듣고 있던 아이는 하루에도 수없이 자신을 찾는 엄마 목소리가 지겹다며 울먹였다.

열두 살짜리 여자아이가 그 힘겨운 현실을 4년 동안 어찌 감당했을까. 아이의 커다란 눈동자에 두려움이 가득했다. 부모가 없을 아이의 미래가 무시로 눈에 밟혔다. 한순간만이라도 엄마의 사랑을 느끼게 해주고 싶었다. 머잖아 가고 없을 엄마인데, 오로지 상처의 기억으로만 남지 않기를 바라는 마음이었다. 훗날 상처뿐인 유년만 기억하지 않도록 아이를 돌보아주고 싶었다. 엄마에 대한 좋은 기억을 회복시키고 싶었다. 그래서 아이에게 엄마 곁에 남아달라고 부탁했다. 설득하고 설득했지만 소용없었다. 그저 이모를 따라간다며 요지부동이었다.

"엄마 혼자 두고 가면 엄마가 너 찾을 때 뭐라고 해?"

아이는 고개를 흔들며 모른다.

"말도 못 하고 듣지도 못하는 너희 엄마를 스님이 어떻게 돌보면 좋을까?"

그래도 모른다.

"네가 곁에 며칠만이라도 있어주면 좋을 텐데…… 그래야 내가 엄마를 잘 돌볼 텐데. 그러니 일주일만 도와주겠니?"

싫다는 말뿐이다. 엄마 곁에 있는 것도 무섭지만, 그보다 이모가 이렇게 떠나면 자신을 찾으러 오지 않을지도 모른다는 생각에 두렵다고 했다.

버려질 게 두려운 아이, 죽어가는 엄마를 오롯이 혼자 감당해야 하는 현실이 무서운 아이, 그래서 그냥 도망치고 싶은 아이에게 이모는 사흘 뒤에 꼭 오겠다고 약속하며 마음을 안정시켜 주었다.

내가 이모의 전화번호와 주소를 적는 것을 보자 아이는 숨을 깊이 내쉬었다. 눈망울에서 두려움이 가셨다. 그리고 아이는 그제야 엄마 곁을 지키겠노라고 했다. 그렇게 시작된 아이와 엄마, 둘만의 시간은 꿈결처럼 평온했다. 어제까지의 불안은 걷히고 그 자리에 아주 작은 사랑이 움트기 시작했다. 아이가 엄마의 왼쪽 손가락을 잡고 엄마의 오른쪽 손바닥에 '엄마 나 여기 있어. 엄마 곁에 있다가 목요일에 갈 거야'라고 썼다. 엄마는 작은 목소리로 "그럼, 집에 어떻게 가?" 하고 물었다. 이모가 데리러 올 거라고 하면, 엄마는 다시 어디서 잘 건지 물었다. 스님이랑 잘 거라고 하면, 밥은 언제 먹느냐고 하고, 얼른 먹으라고 재촉했다.

이런저런 소소한 것들을 묻고 대답하면서 더듬더듬 아이를 꼼꼼하게 매만지던 엄마. 자신의 자식이 맞는지 거듭 확인하는 엄마의 심정은 어떨까 싶어서 보는 이들의 가슴이 안타까움으로 먹먹했다.

입에서 끊임없이 흘러나오는 가래와 기침에도 불구하고 아이의 안전을 확인하는 모성본능, 그 본능에는 위대함과 고귀함이 깃들어 있었다.

아이를 내 방으로 데리고 와 이불 위에 눕히니 한껏 구부린 채 몸을 펼 줄 몰랐다. 마치 병든 병아리 같았다. 저 어린 것의 마음속 상처가 얼마나 깊을까 헤아리니 잠이 오지 않았다. 아침에 일어나자마자 꼭 안아주었더니 아이는 쑥스러워했다.

김치밖에는 먹을 줄 아는 게 없는 아이가 긴장이 풀린 탓인지 몸살을 앓았다. 나는 저녁 내내 아이를 주무르고 약을 먹이고 무릎에 눕혀 토닥토닥 잠을 재웠다. 자리를 털고 일어난 아이는 엄마와 더욱 가까워졌다. 수시로 병실에 가서 엄마와 대화를 나눴다.

"나 여기 있다." "밥은 먹었냐." "잘 잤냐." ……

이런 대화가 전부였지만, 모녀간의 끈끈한 애정이 그대로 스며 있었다.

마음이 맞닿아 충만해져서일까. 아이는 좀 더 머물고 싶다고 내게 조심스레 말했다. 거절당할까 봐 두려운 표정이었다. '고마워, 그래. 엄마 곁에 있어주려고…… 고맙다.'

아직은 시간이 걸릴 것이다. 연거푸 안심시키고 안아주고 사랑해주어야 생기를 되찾을 아이의 메마른 가슴이기에……

아이의 엄마는 자재병원에서 약 한 달간 머물다가 떠났다. 엄마의 시신 옆에 앉아 있던 아이는 이모와 함께 이모 집으로 갔다. 떠날 때 아이는 무표정한 얼굴로 눈물을 흘리고 있었다. 안도하는 기운이 느껴졌다. 이제는 더 이상 아프지 않아도 될 엄마의 삶에 대한 안도요, 서로 뒤바뀌었던 역할, 눈만 뜨면 아이를 찾던 엄마와 그것을 못 들은 척하던 아이의 관계를 더 이상 되풀이하지 않아도 된다는 안도감이었을까.

그렇게 열두 살 소녀는 이모와 함께 정토마을을 떠났다. 이 거친 세상을 저 작은 소녀가 어떻게 살아갈지 걱정이 앞섰다.

가는 아이를 붙잡아 안아주며 힘들 때, 엄마가 필요할 때, 무엇이 꼭 필요할 때 스님을 찾아서 이 병원에 오라고 간절한 마음을 전했지만, 여전히 마음이 먹먹했다.

지금도 내 기도 안에는 항상 그 아이가 있다. 어느 하늘 아래에서 무엇을 하고 살던지 건강하고 행복한 삶이기를 기도한다.

이별에서의 이별

이 세상에는 수많은 만남이 있고 그만큼 이별도 많다. 하루에도 수없이 많은 것들이 만나고 이별한다. 강물이 흘러가는 것도 이별이고, 꽃이 시들어 떨어지는 것도 이별이고, 비가 오고 눈이 내리는 것도 이별이고, 지금 이 순간 시간이 지나가는 것도 이별이다. 만나는 것 중 이별하지 않는 것은 없다.

사귐이나 맺은 관계를 끊고 따로 갈라선다는 뜻의 이별離別. 끊어야 한다는 것, 갈라서야 한다는 것, 죽음 역시 이별이다.

사람들은 대부분 홀로 타야 하는 죽음이란 배 앞에 서면 두려움과 공포를 느낀다. 이승을 여행하던 배로는 더

이상 이별의 강을 건널 수 없다는 사실을 알기에 가족이
나 지인 등 주변 사람들은 잡았던 손을 놓으며 하염없이
눈물을 흘린다.

그 이별의 순간을 지켜보는 것은 내게 큰 고통이다.
그동안 나는 이 세상과 이별하는 사람들을 아주 가까운
발치에서 배웅했다. 그들을 태운 배가 떠나갈 때 슬픔이
출렁이는 강물을 그들의 가족과 함께 오래도록 바라보
기도 했다.

죽음을 딛고 어디론가 흔적 없이 떠나가는 사람들을
배웅할 때마다 내 가슴에는 슬픔이 출렁거린다. 그래서
죽음 앞에서 무상보단 무기력함을 느낄 때가 더 많다.
환자늘에게서 존엄보다는 버려짐, 돌봄보다는 방치를
자주 본다. 이런 상황과 마주할 때마다 인간은 진정 무
엇을 위해 사는지 허공을 향해 묻곤 한다.

환자의 보호자는 남편이었다. 말기 암으로 투병하는
환자를 집에서 가족들이 돌보았다고 했지만, 환자의 위
생 상태는 참 표현하기가 어려웠다. 환자는 30대였고,
유방암이 전이되어 말기였는데 호흡곤란과 통증이 극
심해 병원에 오게 되었다고 했다. 남편은 환자랑 집에서
같이 더 있고 싶어서 병원보다는 집을 선택했지만, 환자

간호는 쉬운 일이 아니었다고, 너무 어려웠다고 했다.

환자는 입원과 동시에 몸 상태가 급속도로 나빠졌고, 약도 잘 듣지 않아서 통증이 극심했다. 통증으로 신음하는 환자를 보는 것은 남편에게 고통 그 자체였다. 환자는 폐 속에 붙은 암 덩어리 때문에 산소를 제대로 공급받지 못했고, 심장은 1분에 150회를 뛰며 마지막 기운을 소진하고 있었다. 죽음으로 내달리는 환자의 손을 잡고 남편은 울며 말했다.

"자기야, 자기야! 사랑해. 자기야!"

환자는 팔을 허우적거리면서 말려드는 혀를 움직여 남편을 찾았다.

"여보, 고마워. 당신 지금 어디 있어?"

남편의 뜨거운 눈물이 환자 가슴에 뚝뚝 떨어졌다.

환자의 천만 개 땀구멍에서는 액체가 흘러나왔고 다시 불이 붙은 것처럼 뜨거운 기운이 번져 전신으로 흩어졌다.

그렇게 한 젊은 생명의 불꽃이 병실에서 사그라들고 있었다. 남편의 전화기 너머로 엄마를 찾는 다섯 살 아이의 울음소리가 들렸다. 죽어가는 환자 곁에서 남편은 애써 눈물을 참으며 아이를 달랬다.

"세라야. 엄마가 좀 아파. 우리 딸 알고 있지? 지금 엄마가 잠들어 있거든. 나중에 엄마랑 전화하자."

유방암이 폐로 전이된 지 2년 만에 죽음의 강 앞에 선 환자는 마지막 생명력으로 절규를 토해냈다. 남편은 그 저 환자를 바라볼 수밖에 없었고, 나눌 수 없는 고통을 안타까워하며 몸을 떨었다. '비극'이란 단어는 이럴 때 쓰는 것일까.

나는 호스피스 현장에서 죽음을 앞둔 사람들에게 죽 음은 영혼을 또 다른 삶으로 이어주는 다리와 같은 의미 라고 설명한다. 죽음의 파고가 최고치인 이 현장에서 이 와 같은 설명이 무슨 도움이 될까 말이다. 하지만 이런 말밖에 해줄 수 없어서 미안하고 또 미안할 뿐이다.

암과 벌이는 전투는 죽을 때까지 멈출 수 없는 것인 가? 오직 살아남기 위한 전투로 모든 것들을 잃고, 이제 는 준비 없는 죽음, 대책 없는 죽음, 까만 어둠 속에 갇힌 것 같은 막막한 죽음만 남았다. 죽음에 대한 무지로 수 많은 사람들이 이런 상황을 겪고 있고, 우리의 삶은 지 독한 고통과 대면하다가 끝이 난다.

"9월에 왔어야 했는데…… 저는 남편이 요양원에 저를 버리려는 줄 알았어요. 호스피스 병원이 뭔지 몰랐어요. 이렇게 공기 맑고 평화로운 곳인 줄 정말 몰랐어요. 남편하고 떨어져 있는 것도 너무 싫었고요."

환자는 호스피스 병원에 늦게 온 이유를 말해주었다. 젊은 부부여서 그런지 이별의 슬픔과 아픔도 남달랐다.

아무 말도 못 하고 "자기야." 하며 남편만 찾던 환자의 목소리가 희미하게 들렸다. 어린아이가 '엄마, 사랑해요' 라고 쓴 도화지를 움켜쥐고 새끼를 찾는 어미의 마지막 몸부림도 눈물겨웠다. 환자 곁을 지키던 남편의 서러운 한은 섣달 기나긴 밤 허공에 메아리로 울렸다.

현자들은 말한다.

"이별 앞에서 의연해져야 한다. 여여해져야 한다."

하지만 그게 어디 쉬운 일인가. 그렇게 말하는 현자들조차 이별 앞에서 슬퍼하는데 중생들은 오죽 힘들겠는가.

환자와 남편이 이별을 너무 힘들어해서, 나는 이렇게 말해주었다.

"서로를 절실히 그리워하면 분명히 다시 만나게 됩니다. 봄꽃이 피었다 지면 또 다른 봄날에 꽃으로 피어나는 것처럼."

죽음 앞에 섰을 때 '나는 당신을 다시 만날 것'이라고 조금의 의심도 없이 분명하게 인식하고 이 세상을 떠난다면, 이 만남이 우연이 아닌 것처럼 또 다른 만남으로 이어질 것이다.

———————

우리는 모두 이 세상을 떠난다. 이것은 변할 수 없는 진실이다. 건강한 삶의 순간순간마다 죽음을 기억하고, 매일 죽음에 대하여 배우고, 알아가면서 이별하는 연습을 해야 한다. 그래야 불현듯 찾아온 갑작스러운 이별 앞에서도 담담히 이별의 배를 타고 떠날 수 있다.

오늘 하루 우리는 과연 무엇과 이별했는가.

한창 웃고 공부할 스물한 살

그녀는 열아홉에 악성 백혈병을 진단받았다. 백혈병 진단을 받은 이후 그녀의 삶과 부모의 삶은 고통과 눈물로 얼룩졌다. 여섯 번째 항암 치료를 끝내고, 더 이상 항암 치료를 받을 경제적인 여유가 없는 가정 형편 때문에 그녀는 나에게 맡겨졌다. 한창 멋을 부려야 할 나이에 머리카락이 다 빠진 채 어느 날 정토마을에 와 가족이 되었다. 이후 7개월 동안 씩씩하게 잘 지내며 늘 예쁜 미소와 밝은 성격으로 주변 환자들에게 웃음과 희망을 주었다. 하지만 끝은 소리도 없이 점점 다가오고 있었다.

이제 더 재발하면 살릴 수 없다는 현대의학의 사망 선고를 잊어갈 즈음, 안타깝게도 다시 혈소판, 백혈구 수

치가 뚝뚝 떨어지며 재발 기미를 보이기 시작했다. 수치가 떨어질수록 죽음이 그녀의 목을 조여왔다.

"스님, 저 괜찮을 거예요."

초롱초롱한 눈빛으로 애써 해맑은 미소를 지으며 웃는 그녀를 무슨 말로 위로할 수 있을까. 매주 정기검사 때마다 그녀의 하늘이 조금씩 사라지고 있었다. 여린 가슴에 일어나는 죽음과 이별에 대한 두려움이 얼마나 커다란 무게로 숨을 조여왔을까. 말없이 지켜보는 내 가슴에도 눈물이 흘렀다.

어떻게 하면 해맑은 미소를 되돌릴 수 있을까, 어떻게 하면 더 좋은 치료 방법이 나올 때까지 살려볼 수 있을까…… 별의별 생각이 머릿속에서 떠나지 않았다. 하지만 신체의 모든 수치가 점점 나빠지고 코피가 나고 열도 나기 시작했다. 결국 주치의 선생님이 있는 병원에 입원했지만, 경과는 절망적이었다. 더 이상 손을 쓸 수 없는 지경에 이르렀다. 온몸이 퉁퉁 붓고 항생제 때문에 수없이 토하는 모습을 차마 옆에서 볼 수가 없었다.

"부처님! 제발 살려주세요. 아직 삶과 죽음의 의미조차 모르는 스물한 살의 젊은 아이입니다. 부처님! 살려주세요, 살려주세요."

빌고 또 빌었다. 그런 나를 위로하듯 그녀는 말했다.

"스님, 죽는 것은 무섭지 않아요. 다만 제가 살아온 시간 중에 가장 행복했던 7개월이 이렇게 끝날까 봐 무서워요. 행복하게 조금 더 살고 싶어요."

담당 의사가 항암 7차를 시도해보겠다고 해 기쁜 마음으로 허락했지만 열악한 정토마을 재정을 걱정하지 않을 수 없었다. 그래도 어떻게든 그녀를 살리고 싶어서 후원통장을 가져와 확인해보았더니 남은 돈이 턱없이 부족했다. 가슴이 무너져 내렸다. 내 존재가 이토록 무기력하고 무능해 보일 수가 없었다. 그래도 치료를 포기할 순 없었다. 담당 의사에게 항암제를 놓아달라고 하고, 3일을 망설이다 몇몇 스님께 간신히 전화를 걸었다. 그래도 경제적으로 여유가 있는 스님들이라 부탁해보기로 했는데, 그녀의 사정을 다 듣고는 나중에 전화하겠다며 일방적으로 전화를 끊어버렸다. 어떤 분은 도움을 주겠다고 약속했지만 이후 소식이 없었다.

뻥 뚫린 가슴에 바람이 불었다. 그런데 임종을 앞둔 한 스님이 "방실방실 웃고 다니던 아이의 약값에 보태 쓰세요"라며 2백만 원을 주었다. 그리고 스물여섯에 위암으로 세상을 떠난 환자의 어머니가 그녀를 살려보라며 또 2백만 원을 보냈다. 자식을 가슴에 묻고 눈물도 채 마르지 않았을 텐데…… 한 생명을 살리려는 어머니의 마음이 눈물겨웠다. 또 정토마을에서 가족을 떠나보낸 사별 가족들이 그녀의 병원비를 모아주었다.

그녀는 그분들의 따스한 마음으로 7차 항암 치료를 마치고 상태가 꽤 좋아져서 정토마을 가족들의 품으로 돌아왔다. 아, 한 번 웃을 때마다 꽃이 활짝 피는 것 같은 해맑은 미소를 가진 그녀가 살아서 다시 정토마을로 돌아왔을 때가 이른 봄이었다.

황사 바람이 심하게 불던 어느 날, 그녀의 병이 또다시 재발해 손을 쓸 수 없는 상태가 되었다. 마지막 희망으로 다시 항암 치료에 도전했지만, 이번에는 많이 힘들어 하고 효과도 그다지 없었다. 마지막 방법으로, 그녀는 처음 백혈병을 진단한 병원 담당 의사에게 한 번 더 가보고 싶다고 했다. 가족들은 그 소원을 들어주기로 했고, 그녀는 앰뷸런스를 타고 부산으로 내려갔다. 그녀를 배웅하며 나는 무엇이라 표현할 수 없는 마음에 젖어들었다.

그녀가 부산으로 내려간 뒤 3일 만에, 여름 장맛비가 처절하게 내리던 날 그녀가 임종했다는 연락이 왔다. 다정했던 정토마을 가족들이 없는 싸늘한 병실에서 홀로 떠났을 생각을 하니 가슴이 무너져내리고 무어라 말을 할 수가 없었다. 아직 세상을 잘 알지도 못하는데 서둘러 이 세상을 떠난 그녀는 내내 내게 아픈 손가락으로 남아 있다.

극락에는 치과가 없소?

　장맛비가 처절하게 내리던 날 우리 곁을 떠난, 스물한 살 그녀의 유해를 담은 상자가 정토마을 대문으로 들어왔다. 그 상자를 보는 자운 거사님의 얼굴이 까맣게 변했다. 그녀가 떠난 날처럼 비가 장대같이 내렸다. 선재랑 자운 거사님 그리고 정토마을 가족들이 산에 가서 그녀의 뼛가루를 뿌렸다.

　먼저 입을 연 사람은 없었다. 침묵, 깊은 침묵이 며칠간 흘렀다. 자운 거사님의 표정은 점점 더 어두워졌다. 어깨와 고개는 축 처졌고, 밝게 웃는 모습도 보이질 않았다.

　"스님! 나도 그 아이처럼 죽을 거예요."

그는 힘없이 말하곤 했다. 그녀의 죽음을 보며 치유의 희망을 잃고 큰 절망감에 빠진 것 같았다. 평소에도 몸에서 피비린내가 나곤 했는데, 그녀가 가고부터는 더욱 냄새가 심했고 잇몸에서도 계속 피가 나서 자주 큰 병원에 입원해야 했다.

자운 거사님과는 부산의료원 행려병동에서 처음 만났다. 생활보호대상자였던 마흔여섯의 그는 백혈병으로 투병 중이었고, 합병증으로 당뇨까지 앓고 있었다. 그는 행려병동에서 내가 부산에 오기를 늘 기다리며, 고맙고도 반가운 인연으로 지내다가 정토마을로 왔다.

구구절절 사연도 많은 인생이었다. 매주 혈소판 여덟 개와 혈액 서너 개를 6년째 맞으며 힘겹게 투병하고 있었지만, 그런 힘든 상황에서도 예의 바르고 늘 밝았다. 정토마을로 오고 난 뒤론 상태가 좋아져 움직일 수 있을 때는 일도 도와주었다. 때로는 보약을 드리기도 했지만, 간에 철분이 쌓일까 염려가 되어 보약을 먹을 수 없었다. 부산에 형이 있다면서 명절이 되면 명절을 지내러 부산에 다녀오곤 했다.

정토마을의 온 가족이 차례로 돌아가며 자운 거사님을 간호했다. 하지만 거사님의 당뇨 수치는 점점 올라가고 몸 상태가 나빠지기 시작했다. 빨리 쾌차해 스님 차도 몰아주고, 병원도 같이 짓겠노라며 약속해놓고는 몸도 마음도 약해지며 점점 병색이 깊어갔다.

스물한 살의 그녀가 여름에 떠나고 상실감이 채 가시기도 전인데, 자운 거사님마저 입원과 퇴원을 몇 번 거듭하면서 정토마을 가족들을 긴장하게 만들었다. 이렇게 빨리 보내고 싶지는 않았다. 좋은 치료제가 나올 때까지 최선을 다해 살려보고 싶었다.

거사님은 일본에 어린 아들 하나와 아내가 살고 있다며 늘 아들 자랑을 하곤 했는데, 병이 나으면 함께 살고 싶다고 했다. 부산의료원에서 받은 서류에는 독신이라고 적혀 있었지만, 거사님은 개인적으로 가족 구성원을 말해주곤 했다. 자존심 강한 거사님에게 자세히 물어보기도 그렇고, 아픈 상처를 더 건드릴까 봐 늘 조심스러웠다.

12월 31일. 제야의 종이 울리고 새날이 밝아오는 한 해의 마지막 날 밤. 저녁나절 자운 거사님의 표정이 여느 때보다 더 어두워 보였다.

"거사님, 어디가 많이 아프세요?"

"스님, 이상하게 배가 많이 아파요."

나는 거사님을 병실에 눕히고 몸을 따스하게 해드린

뒤 잠시 눈을 붙이라 권했지만 얼마 지나지 않아 배가 너무 아프다며 간호사실로 다시 왔다. 아무래도 이상해서 간호과장님이 거사님을 데리고 인근 병원 응급실로 갔고, 나는 남아서 초조하게 전화를 기다렸다.

'왜 배가 아프실까?'

한 시간 정도 시간이 흐르고 전화벨이 울렸다. 수화기를 든 간호과장님의 목소리가 떨렸다.

"스님, 휴~우."

"자운 거사님은 어때? 어째서 배가 아프신 거야?"

"간에 철분이 너무 많이 쌓여서 기능이 완전히 멈춘 상태래요. 그래서 오늘 밤을 못 넘긴다고 하네요."

아니, 이게 무슨 날벼락 같은 소리인가. 나는 그동안 많은 사람을 보냈지만, 자운 거사님의 죽음을 받아들일 수가 없었다. 아니, 그를 보낼 수가 없었다. 4, 5년의 긴 투병을 지켜봤기에 그에게 더욱 애착이 생긴 것일까? 패닉에 빠진 채 차를 몰아 정토마을 식구들과 함께 응급실로 달려갔다. 어떻게 차를 몰았는지 어떻게 갔는지 기억조차 나지 않았다. 응급실에 도착하니 자운 거사님이 초롱초롱한 눈으로 나를 맞았다.

"스님 피곤하실 텐데 뭐하러 나오능교? 간 기능이 멈추었다는데, 설마 금방 죽겠능교. 나 안 죽어요. 스님!"

그러면서 내 손을 꼭 잡아주던 자운 거사님. 그때 그는 무슨 생각을 하고 있었을까? 거사님은 나 혼자 두고 떠나야 할 일을 생각했을까? 걱정하지 말라며 연신 웃음을 보이던 자운 거사님. 나는 거사님을 살려달라고 의사에게 매달렸다. 오늘 밤 이렇게 보낼 수는 없다고, 단 며칠이라도 살려달라고 가족을 찾아야 하노라며 부탁했다.

자운 거사님을 중환자실로 옮긴 뒤에도 나는 중환자실을 떠날 수가 없었다.

"거사님! 오늘 밤을 못 넘긴다니 어찌하면 좋겠소?"

자운 거사님은 말똥말똥한 눈으로 나를 계속 바라보았다.

"아버지하고 형은 어디 있소? 거사님, 가르쳐주세요. 찾아야 해요. 일본 가족들도!"

자운 거사님은 물어볼 때마다 늘 이렇게 대답했다.

"내일 말씀드릴게요."

"아니, 오늘 지금 당장 말해줘요."

"스님, 내가 오늘 당장 죽습니까? 내일 말씀드릴게요, 내일."

직원들은 자운 거사님의 휴대전화에 입력된 번호를 살피고 수첩에 적힌 주소와 연락처를 살피며 가족을 찾기 시작하였다. 죽기 전에 가족 한 번 보고 떠나게 해주고 싶었다. 하지만 그는 내 얼굴을 뚫어지게 바라보며 손을 꼭 잡은 채 놓지 않았다. 어느덧 밤이 흘러 새벽이 다가오고 있었다.

"스님! 스님 곁에 제가 있어야 하는데…… 맞지요?"

그러더니 배시시 웃었다.

"스님, 사람이 제일 무섭습니다. 사람 덜컥덜컥 믿지 마이소."

"네?"

"어느 놈이든 우리 스님 괴롭히는 놈은 내가 죽어서도 가만히 안 내비둘끼다!"

"……"

정토마을 호스피스 돌봄센터 건립 결사반대를 외치며 동네 주민들이 3년간 시위하는 것을 모두 보고 겪으면서 살았다. 그 힘겹고 어렵던 시절, 그는 사천왕처럼 늘 든든히 내 곁에서 날 지켜주었고 힘이 되어주었다. 수백 명의 사람이 시위를 하기 위해 확성기를 들고 정토마을로 들어왔을 때도 내 곁을 떠나지 않았다.

병든 몸으로 내가 다칠까 봐 문 앞을 서성거리던 사람이었다. 저세상 문 앞에서도 날 걱정하던 사람. 새벽 3시가 되자, 자운 거사님이 내 손을 놓았다.

"거사님!"

"왜 불러요. 기운도 없는데. 새벽까지 안 죽었는데 오늘이야 넘기겠지요. 추우니 얼른 들어가서 옷 따뜻하게 입고, 좀 씻고 그러고서 오세요. 내 안 죽고 기다리고 있을 테니……"

"아버지랑 아이 꼭 만나보고 가셔야 해요."

"알았으니 제발 다녀오세요."

내 손을 잡고 어서 가라며 야단이었다.

"선재야, 능행 스님 좀 모시고 들어가라. 스님, 나 식구들이랑 함께 있을 테니 어서 다녀오세요."

나는 속으로 '의사가 오늘을 못 넘긴다고 했는데, 왜 저리도 나에게 들어가라고 보챌까' 생각하며 문을 열고 나왔다. 새벽이라 차가 다니지 않아서 정토마을까지는 15분밖에 걸리지 않았다. 방문을 열고 들어와 손 좀 닦아야겠다 싶어 세면대를 향해 걸어가는데, 전화가 울렸다. 순간 불길한 느낌에 심장이 덜컹 내려앉았다. 수화기를 드니, 자운 거사님이 갑자기 혼수상태에 빠졌다는 다급한 목소리가 들렸다.

'이 나쁜 놈, 그렇게 가려고, 내게 그렇게도 들어가라고 보챈 것인가!' 나는 옷도 갈아입지 못한 채 허겁지겁 다시 병원으로 돌아갔다. 중환자실로 들어가니 그는 이미 의식이 없었다. 내가 나가고 불과 10분 뒤, 그는 한 많은 이승을 떠났다. 두 눈을 감지도 못한 채로.

한 손으로 뜬 눈을 감기고 한 손으로 거사님을 끌어안고 하염없이 울었다. 좋은 약이 나올 때까지 참고 살아보기로 해놓고. 아무리 울어도 그는 대답이 없었다. 아무 말이 없었다. 어찌 이렇게 떠날 수 있을까? 차마 나를 두고 떠날 수가 없어서 그리도 집으로 가라고 떠밀었단 말인가! 많은 환자를 보냈지만 이렇게 상실감이 큰 적은 처음이었다. 거사님의 얼굴에 흰 천을 덮고 중환자실 문을 열고 나서려니 온몸에서 몸서리가 쳐졌다.

"왜, 왜……"

이놈의 죽음, 정말 안 보고 싶어진다. 진저리가 나고 몸서리가 쳐진다. 미치고 싶을 만큼 고통이 밀려온다. 내가 선택한 삶에 처음으로 회의를 느끼고 후회했다.

자운 거사님의 시신을 시설 좋은 장례식장으로 모시고 갔다. 시신을 안치하고, 밤새 거사님의 가족을 찾느라 정신이 없었던 직원들을 모두 돌려보냈다. 나 혼자 텅 빈 영안실에서 거사님 사진 한 장 턱 올려놓고 서로 바라보고 있자니 무상無常의 바람이 허허롭게 불어 뼈를 여몄다.

자넨 죽어 사진 한 장으로 남고, 나는 살아 당신의 허영을 보고 있는가. 텅 빈 영안실에 사진 한 장 놓고 밤이 오도록 그렇게 앉아 있었다.

자운 거사님의 장례는 정토마을장으로 선재가 상주를 했는데, 착한 선재가 상주 노릇을 참 잘했다. 장례를 치르고 나서 정식으로 경찰서에 의뢰해 자운 거사님의 신분을 조회했다. 그런데 놀랍고도 마음 아픈 사실을 알게 되었다. 알고 보니 그에게는 가족이 없었다.

너무 어처구니가 없었다. 그는 이 세상에 가족 하나 없이 혼자였다. 여섯 살 때 길 잃은 아이를 고아원에서 데려다 키웠단다. 성도 이름도 고아원에서 지어주었다. 어느 날 일본으로 밀항 가서 그곳에서 살다 그만 백혈병에 걸려 다시 부산으로 이송되었다고 한다. 고아원에서 생활보호대상자 카드를 만들어 부산의료원 행려병동에 입원시켰다. 부산의료원에서도 약 2년 정도 투병했을 것이다.

그토록 애타게 가족이 어디 있느냐고 물었건만 늘 내일 말해준다며 미루더니 이리도 허무하게 떠나버린 자운 거사님을 다시 생각하니, 아! 말할 수 없이 가슴이 저몄다. 행려병동에서 만난 뒤 4년의 세월 동안 자신이 고아라는 말을 그렇게도 하기 어려웠을까. 고아란 사실이 자운 거사님에게는 아픈 상처로, 삶의 어두운 그림자로 남아 있었나 보다. 매년 명절 때마다 가족을 만나러 간다던 거사님은 어디에서 무엇을 하고 다녔던 걸까……너무 가엾고 불쌍해서 눈물이 멈추지 않았다.

이승에서는 까맣고 시퍼렇고 얼굴이 엉망이더니 거사님은 가끔 사십구재 때 태워준 옥색 두루마기를 입고 단정하고 깨끗한 얼굴로 꿈속에 나타나곤 한다. '극락이 좋기는 좋은가 봐.' 이렇게 나는 가끔 자운 거사님의 꿈을 꾼다. 그런데 지난밤 거사님이 이가 아프다며 다시 나타났다. 살아 있을 때처럼 빨간 모자를 쓰고 이가 아파서 병원에 가야겠다며 날 찾아왔다.

"아이고, 이게 누구여!"

반가움에 손을 잡았더니, 그는 싱긋하고 웃었다.

"이가 아파서요."

"거사님, 극락에는 치과가 없소? 어디가 얼마나 아픈데요? 입 좀 벌려봐요."

그러다 잠에서 깨어났다. 시계를 보니 새벽 3시였다. 도무지 다시 잠이 오질 않았다.

자운 거사님이 떠나고 많은 시간이 흘렀지만, 나는 그에 대해 글을 쓰고 싶지 않았다. 너무 고통스러워 되새기고 싶지 않았다. 자운 거사님이랑 해맑은 미소만 남기고 떠난 그녀랑 마당에서 배드민턴을 치던 소리, 그 웃음소리가 허공에서 자꾸만 맴돌다가 사라진다.

거사님이 내게 일본에 아들이 있다고 했는데, 그 말을 나는 지금도 믿고 있다. 그래서 언젠가 장성한 그의 아들이 아버지의 흔적을 찾아올 것 같아서 사진이랑 기록카드 등 그에 대한 모든 것을 태우지 않고 보관하고 있다.

그리움

키가 크고 서글서글한 목소리에 소탈하면서도 자존심이 무척 강했던 예순일곱 살의 환자분이 있었다. 40대 중반에 남편을 잃고 장사를 하며 혼자 다섯 자식을 잘 키워냈다고 했다.

환자분은 자존심이 강해서 힘든 모습을 남에게 보이기 싫어했다. 아프다는 표정 하나 짓는 데도 스트레스를 받았다. 다리가 붓고 복수가 차자 무척 괴로워했는데, 자신의 몸이 이렇게 망가지는 것에 깊은 상실감과 상처를 받은 듯 보였다. 이런 환자에겐 어떤 말도 위로가 되지 못했다.

일찍 떠난 남편을 가슴에 묻고 그리울 때마다 살짝살

짝 꺼내서 만난다던 환자분은 겉모습과 달리 여리고 소심한 부분이 많았다. 나를 볼 때마다 죽는 것이 두렵고 어디로 가는지 알 수 없어서 더욱 막막하다고 털어놓았다. 불교 신자이지만 부처님의 가르침은 환자의 삶과 죽음에 긍정적인 영향을 주는 것 같진 않았다. 부종이며 복수며, 어디 하나 안 아픈 데가 없는 그 와중에도 더 살고 싶다며 불안해하는 환자분의 눈빛을 마주할 때마다 마음이 아팠다.

구녀산에 가을이 깊어 불어오는 바람에 단풍이 후드득 떨어질 때 환자분은 죽음 앞으로 더욱 가까이 다가서면서 깊은 잠에 자주 빠져들었다. 임종하기 열흘 전쯤, 환자분이 내게 말했다.

"스님, 나 이상한 꿈을 꾸었네. 우리 집 아저씨가 떠나신 지 벌써 얼마인데…… 아저씨를 꿈에서 만났네."

환자는 무척 들뜬 표정이었다.

"글쎄, 옛날에 살던 집 같은데, 거기서 함께 살고 있습디다. 꼭 살아 있을 때처럼 잠자리도 같이 하고…… 그런데 아저씨 안색이 밝지 않아서 꿈을 깨고 나도 마음이 개운하지 않네. 꿈에서도 내가 아픈 줄을 아셨는지 나를 가여운 눈빛으로 보고 쓰다듬어주시고 그럽디다."

꿈에서나마 그리운 이를 만났다니, 고마운 일이었다. 남편의 보살핌을 받을 때 기분이 어땠는지 물었다.

"반갑기도 하고 좋기도 하고. 언젠가 꿈에서라도 한번 보고 싶다고 생각할 때도 있었거든. 참 이상하지. 어찌 내가 이렇게 힘들 때……"

환자분은 말씀을 채 맺지 않고 생각에 잠겼다.

며칠 뒤 환자분의 남편은 다시 꿈속으로 찾아왔다.

"여보 더 좋은 집으로 이사 가서 이제 나랑 같이 살자."

"이 집이 좋으니 그냥 살아도 돼요."

"여기서는 이제 계약도 다 끝났으니 다른 집으로 가서 같이 살자."

"정말 같이 살 수 있는 거예요?"

남편이 웃으면서 그렇다고 대답해주었다며 환자분은 무척 기뻐했다.

남편과 이런저런 짐을 싸면서 이사 떠날 준비를 하는 꿈을 꾸고 난 뒤, 환자분은 한결 안정되고 행복한 표정으로 나와 자녀들에게 꿈 이야기를 전해주었다.

"아이고, 이제 남편이 왔구나 싶어서 든든하고 걱정이 하나도 없는 마음이었지. 어디로 이사를 갈 거냐고 물었더니 아주 좋은 곳이라며, 이제는 당신이 곁에 있으니 아무 걱정 안 해도 된다고 하시는 거예요."

"그랬구나, 그런 꿈을 꾸고 나니 기분이 어떠세요?"

환자는 쓸쓸한 표정을 짓더니 "스님, 우리 그이가 날 데리고 가려나 봐. 아마도 이번 생에 일찍 헤어져서 다음 생에도 함께 살 건가 봐. 내가 오기를 기다렸을까. 이렇게 꿈에 자주 보이고……"라고 했다.

"남편은 생전에 어떤 분이셨어요?"

"참 듬직하고 책임감도 강하고 가족을 많이 사랑하셨지. 우리는 그 시절에도 연애했어."

환자의 얼굴에 수줍은 듯 웃음이 번졌다. 환자는 행복한 표정을 지으며 남편을 만나서 연애하던 시절의 이야기를 들려주었다.

"B형 간염이 있는 줄 모르고 지내다가 간암이 와서 먼저 가셨지. 산 같았어. 산! 그 양반은 나에게 산이었지……"

"남편분이랑 어디서 어떻게 살면 좋겠어요?"라고 묻자, 환자분은 "이별이 없는 곳에서…… 병 없이……"라고 대답했다.

"꿈에서 만난 남편분 모습은 어떠셨어요?"

"더 젊고, 아플 때 얼굴은 없고, 건강해 보였어. 옛날 모습 그대로야. 죽으면 늙지 않는가 봐."

그러자 옆에 있던 딸이 환자에게 물었다.

"엄마, 아버지를 만난 것이 그렇게 좋아? 나도 아버지 한번 봤으면 좋겠다. 엄마도 없이 우리는 어찌 살라고 엄마를 데리러 왔을까."

"이제 다 컸잖아. 결혼도 다 하고…… 이제는 느그 아버지가 날 데리러 온 게야, 그느 아버지가."

환자분은 두 밤을 더 자고 나서 임종했다. 남편이 있는 저 하늘 땅으로 돌아갔다. 남편과 손잡고 새집 단장을 하는 것인지, 아니면 이사해서 좋은 집에서 행복하게 사는지 임종 때 모습은 평온했고 입가에는 잔잔한 미소마저 피어났다. 임종 이후에도 그 평온함이 유지되었다. 가족들은 모두 아버지가 어머니를 모시고 갔다고 안심했다. 긴 세월 홀로 고단했을 어머니가 아버지를 만나서 얼마나 좋겠냐며 슬픈 마음을 서로 토닥였다.

백금 귀고리를 하고 떠난 그녀

결혼을 몇 달 앞둔 스물여섯 살의 아름답고 사랑스러운 아가씨가 정토마을에 찾아왔다. 애인의 손을 잡고 아버지와 함께 온 그녀는 며칠 전 친구랑 회를 먹고 급체한 것 같아 병원에 갔다가 위암 말기라는 진단을, 그것도 생존 기간이 불과 두 달밖에 남지 않았다는 선고를 받았다고 했다.

마른하늘에 날벼락이지만, 그녀는 아직 병을 현실로 느끼지 못하는 듯 보였다. 병원에서는 더 이상 손을 쓸 수 없으니 공기 좋은 곳에 가서 요양을 하라고 했단다. 결국 아버지가 인터넷을 뒤져 정토마을을 알게 되었고, 현지답사를 한 다음 아픈 딸과 함께 찾아왔다.

애인이랑 강아지를 데리고 노는 저 예쁜 아가씨가 2개월밖에 못 산다고 생각하니 정말 기가 막혔다. 그녀는 진단 뒤부터 임종 때까지 물 한 모금은 물론 입속의 침조차 삼키기 고통스러워했다. 그런 그녀를 위해 특별히 해줄 수 있는 일이란 것이 오직 영양제밖에 없다는 사실에 너무 가슴이 아팠다.

"돈이면 다 되는 세상에 왜 돈을 준다는데 제 아이를 살리지 못하는 겁니까? 말도 안 돼요. 이럴 순 없어요. 살려야 해요. 스님, 제발 살려주세요."

며칠 뒤 검은색 가방에 현금을 가득 넣어 찾아온 엄마는 돈을 내 앞에다 패대기치고는 그 자리에 털썩 주저앉아 두 다리를 뻗고 통곡했다.

"나는 돈만 많이 있으면 무엇이든 다 되는 세상인 줄 알았습니다. 살려주세요, 제발 살려주세요! 이제 겨우 스물여섯이에요. 제 딸은 올가을에 시집도 가야 한단 말이에요."

하루가 다르게 환자의 몸은 말라갔고, 물 한 모금 삼킬 수 없는 고통을 밤낮으로 겪으면서도 환자는 죽음이 무엇이며 어떻게 죽는 것인지 한 번도 들어본 적 없고, 생각해본 적도 없는 듯 보였다.

부모는 딸아이를 살려보려고 완전히 미친 사람 같았

고, 아버지는 곡기마저 끊었다. 그녀의 아버지는 부인과 10년 동안 별거 생활을 했는데, 자식의 병이 자기 잘못이라는 죄책감과 아버지로서 제대로 역할을 하지 못했다는 미안함 때문에 더욱 괴로워했다. 그리고 약과 의사를 찾아 전국을 헤맸고, 어디서 구했는지 불로초란 것을 가지고 와서는 한 모금의 물도 넘기지 못하는 자식에게 조금만 삼켜보라며 빌고 또 빌었다.

별들이 초롱초롱하게 뜬 어느 날 밤, 아버지는 내게 아내와 따로 살았어도 그 딸아이가 당신들의 삶에 얼마나 큰 기쁨이고 희망이었는지에 대해 많은 이야기를 들려주었다. 하지만 나는 어떤 말로도 그분을 위로할 수가 없었다.

"스님! 저는 서울 모 대학병원 앞을 하루 두 번씩 지나 출퇴근하는데 그렇게 지나면서도 저 큰 병원에 누가 있고 어떤 사람이 입원해 있는지 한 번도 관심을 가져본 일이 없습니다. 시장 바닥에서 돈 버는 일에만 미치다 보니 병실의 불이 왜 밤새 켜져 있는지 몰랐습니다. '뭐 하느라 저렇게 불을 켜놓았나?' 하는 생각만 했을 뿐, 세상에 암 환자가 병원에서 이리도 많이 죽어가고 있는 줄은 정말 몰랐습니다. 더욱이 내 새끼가 이렇게 죽을 거라고는……"

아버지는 정원에 서 있는 작은 나무를 붙들고 주저앉아 딸아이가 들을까 소리 죽여 몸부림치며 통곡했다. 별도 울고 달도 울고 구녀산 바람도 울며 처마 밑 풍경을 스치고 지나갔다.

"살려야 해요. 꼭 살릴 겁니다."

엄마도 완전히 탈진 상태에서 매일 울었고, 조금씩 죽음 앞으로 다가서는 딸은 울고 있는 엄마의 눈물을 닦아주는 것이 일상이었다.

"엄마! 아프지 마. 엄마가 아프면 나는 어떻게 해? 선생님, 우리 엄마 주사 좀 놔주세요."

아무것도 먹지 못하면서도 그녀는 늘 밝게 웃었다. 아버지는 여전히 정신 나간 사람처럼 이곳저곳 약을 찾으러 뛰어다니며 허덕였고, 엄마는 죽어가는 자식 앞에서 피를 말리는 듯한 애원과 기도를 했지만, 불행히 두 달이 지나자 환자의 배에 복수가 차기 시작했다. 할 수 없이 서울 큰 병원 응급실에 입원했지만, 여러 가지 검사 결과는 임박해오는 죽음이 환자의 삶을 완전히 집어삼켜 버렸다는 것을 보여주었다.

그녀는 비록 죽는다고 해도 대학병원보다 정토마을이 더 따뜻하고 평화롭기에 정토마을로 가겠다고 했다.

결국 그녀는 3일 만에 다시 정토마을로 돌아왔다.

죽음이 무엇인지도 모르는 사람에게 죽음을 준비시키는 일보다 더 곤혹스럽고 고통스러운 일은 없다. 어느 조용한 오후, 나는 그녀에게 다가가 머리와 얼굴을 쓰다듬으며 물었다.

"사랑하는 저 사람은 어쩔래?"

그녀는 놀란 듯 눈을 크게 떴다가 눈동자를 굴리며 말했다.

"스님! 나 얼마 못 살아?"

"최선을 다해보겠지만…… 너는 요즘 너의 상태에 대해 어떻게 생각하니?"

"네. 저도 조금 알 것 같아요. 어렵다는 걸……"

"그렇게 생각했어?"

"네."

"어떻게 하면 좋을까? 아빠 그리고 엄마, 동생. 또 네가 사랑하는 저 사람들 말이야."

"모르겠어요. 그런데 스님! 죽으면 모든 것이 다 끝이에요?"

"너는 어떻게 생각하니?"

"엄마는 절에 다니시지만 저는 종교에 대해 잘 몰라

요. 하지만 전 요즘 제가 정말 살 수 없다면 다시 태어나고 싶어요. 안 되나요?"

"무엇으로 태어나고 싶은데?"

"다시 여자로 태어나고 싶어요. 그리고 여섯 살이 되면 스님에게 와서 스님 제자가 될래요."

그렇게 말하며 활짝 웃는 그녀의 미소가 정말 아름다웠다.

"저, 정토마을에 와도 되죠?"

"그럼."

"스님, 제가 어떻게 해야 다시 태어날 수 있어요?"

그렇게 묻는 그녀도 사실 너무 힘들어하고 있다는 걸 한눈에 알 수 있었다. 나는 아미타불 삼존불을 보여주며 말했다.

"자, 봐라. 극락이라는 세계. 들어봤지? 그 세계의 부처님이시지. 우리 같은 중생들을 죽음이 없는 극락세계로 이끌어주시는 분이셔. 그곳에는 아미타불이 계시고 관세음보살님도 계시지. 아름다운 연꽃 속에서 태어난단다. 지금부터 네가 부처님께 그리고 부처님의 가르침에 귀의하고 극락에 태어난다는 지극한 믿음으로 나무아미타불을 계속 부른다면 고통 없이 부처님의 자비로운 품에 안겨 극락에 태어났다가 네가 원하면 다시 이 땅에 태어날 수 있단다. 우리 한 번 함께 아미타부처님 이름을 불러볼래?"

그녀는 고개를 끄덕였다. 먼저 삼귀오계三歸五戒(불교 신자가 될 때 받는 평생 지켜야 할 다섯 가지 계율)를 주고 염주도 하나 선물로 손에 쥐여주었다. 그리고 시간이 날 때마다 아미타불과 극락세계를 상상으로 그릴 수 있도록 많은 이야기를 들려주었다.

아버지는 얼마 지나지 않아 새로운 치료를 받게 해야 한다며 그녀를 집으로 데리고 갔다. 그리고 며칠 뒤 그녀가 날 찾는다는 전화가 와, 나는 부랴부랴 서울로 달려갔다. 그녀의 집에 당도해보니, 한 중국 한의사가 병을 낫게 해준다며 온몸에 뜸을 뜨고 한 뼘이나 되는 침을 놓고 있었다. 그 바람에 가뜩이나 망가진 그녀의 몸이 만신창이가 되어 있었다. 방 온도는 35도가 넘었다. 어떻게든 딸아이를 살려보고 싶은 아비의 마지막 몸부림을 누가 막을 수 있겠는가. 아버지는 아마도 딸아이를 살릴 수 있다는 중국 한의사의 말을 철석같이 믿고 싶은 심정이었을 것이다. 그녀는 날 보자 처음으로 눈물을 흘렸다.

"스님, 나 극락으로 가야 하는데, 스님이 곁에 없어서 너무 걱정했어요. 스님이 아미타불 노래를 불러줘야 제가 따라 부르죠."

나는 그녀를 무릎에 누이고 아미타불 노래를 들려주었다. 온 식구가 초주검 상태였고, 엄마는 애를 죽인다며 펄펄 뛰었다. 오! 지옥이 어찌 죽어서만 있으랴. 아버지가 없는 틈을 타 앰뷸런스를 부른 뒤 그녀를 대학병원에 입원시켰다.

입원한 지 나흘째 되던 날, 그녀는 비로소 나와 함께 삶의 보따리를 싸기 시작했다. 예쁜 팔찌도 빼고 옷이랑 그림 그리고 종이학 천 마리가 담긴 항아리 등을 가방에 담았다. 하지만 예쁜 백금 귀고리는 여전히 귀에 걸고 있었다.

"귀고리는?"

"스님, 귀고리는 빼지 마세요."

"왜?"

"다음에 제가 정토마을에 찾아오면 스님이 절 어떻게 알아보시겠어요. 귀고리를 하고 와야 저인 줄 알지요."

"그래, 그게 좋겠구나!"

"우리 그때 다시 만나요."

"그래, 이놈아! 아미타부처님 만나서 극락에 가거든 잘 갔다고 꼭 전해줘야 해. 알았지?"

그녀는 오후부터 숨을 몰아쉬기 시작했다. 아버지는 병실에 들어오지 못하고 풀밭에 주저앉아 넋을 놓았고, 동생과 엄마는 복도를 서성이고 있었다. 나는 그녀를 무릎에 누이고 함께 아미타불 노래를 불렀다. 의식은 초롱초롱 맑았지만 어느새 혀는 점점 말려들고 있었다. 아미타불을 부르는 모습이 안타까워 나지막이 그녀의 귀에 대고 말했다.

"마음속으로 해도 된단다."

하지만 그녀는 고개를 저었다.

"그렇게 극락세계에 가고 싶니?"

그러자 고개를 끄덕였다. 나는 그녀를 위해 기도했다.

"부처님! 어서 이곳으로 강림하소서! 당신의 나라에 태어나기를 이토록 서원하는 이 아이를 당신의 감미로운 능라로 감싸 안아주시옵고, 당신의 품에 편히 안기어 정토에 태어날 수 있도록 대자비를 베푸소서. 이 맑은 영혼을 당신의 손에 맡기나이다. 거룩한 님이시여! 사십팔원四十八願 원력願力 바다로 돌아가 당신의 자비를 구하오며 이 몸 던져 비옵니다. 나무아미타불."

그녀가 입가에 미소를 띠었다.

"부처님 오셨니?"

그녀는 아주 아름다운 표정을 지으며 웃었다. 잠시 병

실을 비웠던 엄마가 들어오자, 두 손을 벌려 엄마의 목을 끌어안았다.

"엄마!"

"여기 있어."

나무아미타불 염불과 함께 조금 뒤 숨소리가 멈추었다.

"잘 가거라."

엄마는 한참 동안 죽은 딸을 그대로 안고 있었다. 가족이 뛰어 들어오고 의사와 간호사가 달려왔다. 하지만 모두들 목석처럼 서 있었다. 나는 그녀를 가만히 눕혔다. 산 사람처럼 어여쁜 모습이었다.

임종 시에 일념 염불 공덕으로 부처님의 영접을 받았으리라. 극락세계와 부처님의 약속을 그녀는 의심 없이 그대로 믿었다. 죽음 앞에서 그녀에게 정토왕생이 절대적 희망이었다. 믿음은 아름다운 다음 생을 잉태하고, 귓가에 들리던 삶의 마지막 종소리는 천상의 음악으로 넘쳐났을 것이다.

그녀는 병원의 배려로 육체에서 의식이 벗어날 수 있는 시간을 얻어서 임종 뒤 여섯 시간 동안 병실에 머물다가 영안실로 내려갔다. 대학병원에서 그녀에게 참 귀한 선물을 주었다.

그녀가 죽음을 딛고 다음 생으로 떠난 다음 날, 울다 지처 쓰러진 엄마의 꿈에 나타났다.

"엄마! 나 부처님이 안고 갔다. 엄마는 나 한 번도 이렇게 안아준 적이 없는데, 아미타부처님이 날 안고 극락으로 데리고 가셨어. (뜸 뜬 자리를 보여주며) 엄마, 이것 봐. 부처님이 다 없어지게 해주셨어. 나 이제 하나도 안 아프고 흉터도 없어. 아빠 용서해주고 잘 살아. 내 걱정은 하지 말고. 나는 정말 정말 좋아! 스님께도 꼭 말해줘. 나 극락세계 갔다고. 그리고 부처님이 날 안고 있다고. 엄마, 불쌍한 사람들 외상값은 받지 마. 응? 내 차로 운전 배워서 마음대로 여행도 하고. 엄마! 나 간다. 아빠랑 잘 살아야 해. 다음에 꼭 만나요."

그녀는 딸을 잃고 죽을 것 같은 엄마의 꿈속에 나타나 여러 가지 이야기를 해주었고, 극락세계에 갔다고도 알려주었다.

초발심시변정각初發心時便正覺. 이 말은 <화엄경>에 나오는 구절로 '곧 처음에 올바로 마음을 일으키고 믿음을 갖는다면 바로 정각을 성취하게 된다'라는 내용이다. 오직 극락정토에 왕생하여 지혜와 자비를 성장시켜 불치의 질병으로 고통받는 이들을 돕기 위해서 이 땅에 돌아오겠다는 그녀의 마음이 참으로 오래 기억에 남는다.

파도가 들려주는 법문

깊은 밤 급히 울리는 전화벨 소리에 수화기를 들었다.

"여보세요."

"스님!"

스물여섯의 나이에 위암으로 세상을 떠난, 백금 귀고리 환자의 어머니였다.

"보살님이시네요. 이 늦은 밤에……"

"저 좀 어떻게 해주세요, 저 좀! 스님!"

"아니, 모두 잠든 이 깊은 밤중에 어쩐 일이세요?"

딸아이에 대한 그리움 때문에 잠들지 못하고 온 방을 서성이다가 견딜 수가 없어서 전화를 걸었단다. 남편과 10년째 별거하면서 오직 자식만을 친구이자 동반자 삼아 힘들고 지칠 때마다 의지하며 살았던 보살님. 그런 딸아이에 대한 그리움과 연민, 아쉬움이 문득문득 홀로 남은 보살님의 마음을 찢어놓고 있었다. 딸에 대한 애정과 그리움이 얼마나 컸으면 딸을 보낸 지 3년이 지났는데도 저렇게 잠을 못 이루시는 것일까. 나는 목이 메었다.

목숨보다 더 소중했던 자식이 결혼식을 앞두고 이 세상을 떠났을 때 엄마의 심정은 어떠했을까. 오로지 자식 커가는 재미 하나로 남편 없는 젊은 시절을 보내며 살아오다 마른하늘에 날벼락을 맞은 것 같은 심정은 3년이 아니라, 30년이 지난들 변할까. 엄마의 가슴팍에 묻힌 자식이 너무 그립고 그리워 새끼 잃은 산짐승처럼 우는 울음소리는 땅과 하늘을, 온 천지를 적셨다.

'자식을 잃은 어미는 수시로 미치고 싶어진다'는 한 어머니의 아픔을 들은 적이 있기에 '자식이 보고 싶으면 엄마는 견딜 수가 없는 거구나, 미칠 것만 같구나' 알게 되었다.

이 엄마도 반은 미친 사람 같았다. 수시로 정토마을 법당을 찾아 영단靈壇에 있는 자식의 사진을 붙잡고, "이 년아! 그곳이 그리도 좋으냐! 이 나쁜 년아! 나 혼자서 어떻게 살아가라고 어떻게 이토록 무정할 수가 있니?" 하며 뒹굴고 절규하다 지치면 돌아가곤 했다. 그런데 올

해는 더욱더 사무치게 그립고 보고 싶은 것 같았다. 세월이 약이란 말도 이 엄마에게는 해당사항이 없었다.

전화기 너머 목소리에 가쁜 숨이 느껴졌다. 숨이 차오르는 것 같았다.

"우리 어디라도 한번 다녀올까요?"

"그래요, 스님! 어디든 좀 데리고 가주세요. 어디든지……"

우리는 이틀 뒤 만나기로 했다.

보살님은 아침부터 차를 몰고 서울에서 정토마을로 내려왔다. 함께 있어야 할 것 같아, 함께 떠나야 할 것 같아 나는 다른 일을 모두 미뤘다. 그리고 우리는 차를 타고 동해에 도착했다. 끝없이 출렁이는 바다는 마치 자식 잃은 엄마의 눈물 같았다. 망망한 바다를 바라보며 자식의 이름을 부르는 엄마의 절규는 자식을 잃어본 아픔이 없는 사람들은 이해할 수 없을 것이다. 그저 저 바다만 자식 잃은 이 부모의 마음과 삶이 어떻게 파괴되는지 듣고 모두 품을 뿐이다.

강원도 7번 국도 해안도로를 따라 끝없이 펼쳐진 망망대해. 그 바다에 시선을 던진 채 보살님은 말이 없었다. 어둠이 내리고 하얗게 부서지는 파도 소리를 들으며 우리는 주머니에 손을 넣고 말없이 모래밭을 걸었다. 하늘에는 밝은 달과 별이 걸려 있건만 눈물로 채워진 한 영혼에는 위로가 되지 못했다. 부서지는 파도를 바라보며 자식을 부르는 엄마의 말 없는 통곡이 수평선 저 너머 허공을 가를 뿐이었다. 가슴에서 검은 피가 흘렀다.

"내 새끼야, 내 새끼야."

자식이 머물던 깊고 넓은 그 자리, 이제는 텅 비어 서러운 눈물 바람만 몰아치니 무엇으로 그 빈자리를 채울 수 있을까. 나는 그저 멍하니 서 있었다.

보살님은 울며 자식을 부르다가 나를 바라보고 물었다.

"스님! 거기가 어디예요, 거기가요. 나도 한번 가봅시다. 나도, 나도요."

손으로 모래를 움켜쥐며 얼굴을 모래에 파묻었다.

아! 나는 언제까지 저 울음소리를 들으며 살아야 하는 걸까. 때로는 몸서리가 쳐질 때도 있다. 죽음 그리고 이어지는 통곡……

그 소리 속에는 이 세상에 와서 맺은 인연들, 그래서 서로 잊지 못하는, 아니 잊을 수 없는 질기고 질긴 인연의 끈이 있다. 그 인연의 끈을 끊기 위한 통곡이 깊은 밤 짐승 울음소리처럼 섬뜩하고 무서울 때가 있다.

인연 속에는 애착, 밀착, 미움과 원망으로 얼룩진 집

착이 있고, 많은 사별 가족은 과거를 붙잡고 어둠 속에서 파도가 끝없이 밀려왔다 부서지며 다시 밀려 나가는 것 같은 그런 삶을 살아내다 병이 들거나 스스로 목숨을 놓아버리기도 한다. 저 파도가 우리에게 법문을 설說하건만, 우리는 그 말을 알아들을 수가 없다. 그저 인연의 사슬에 묶인 채 퍼덕이며 몸부림칠 뿐. 자식 잃은 엄마에게 따뜻한 손 내밀어 그 손 잡아줄 뿐, 나는 아무것도 해줄 것이 없네. 아무것도 해줄 것이 없네……

파도 소리와 함께 흩어지는 보살님의 목소리.

"거기가 어디예요, 거기가! 스님, 거기가 어디예요? 우리 아기 간 거기에 나도 가고 싶어요."

모래사장에서 밤을 새우고 돌아오는 길에 '딸아이가 못 견디게 그리우면 또 오소서! 내가 곁에 있으리니. 좋은 친구라고 생각하고 오세요'란 마음을 담아 인사를 나누었다.

딸이 떠나고 3년이 지난 어느 날 아버지도 암을 선고받았다. 10년 동안 가족과 등지고 살았던 아버지는 아이가 병에 걸리자 너무 많이 괴로워했고 후회했다. 자식의 생명 끈을 붙잡으려 아버지의 이름으로 매달렸지만, 결국 손을 써보지도 못하고 자식은 이 세상을 떠났다. 그 뒤 아버지는 자책과 절망 속에서 허덕이다가 깊은 병에 걸렸다. 남은 한 가족의 생애가 왜 이리도 아픈 걸까.

아버지는 수술하고 암 투병을 시작했다. 병든 육신으로 10년 만에 집으로 돌아온 남편을 보살님은 지극정성으로 돌보고 치료했다. 호적에 '아내'란 이름을 지우지 않고 살았으니 쭉 가족이었다. 가족의 삶을 송두리째 뒤흔든 암과의 전쟁은 부부가 한 공간에서 함께 사는 선물을 남겼다.

별이 되어 빛나는 스님을 기억하며

1997년 청주 정토마을 호스피스 돌봄센터 건립을 위해 부지를 매입하고 허가를 받는 행정 절차를 진행하고 있는데, 이 소식을 들은 인근 주민들이 시위를 하기 시작했다. 사람이 죽는 시설은 혐오시설이니 꺼림칙하고 싫다는 이유였다.

당신들도 죽을 텐데, 이런 시설이 마을에 있으면 편하게 이용할 수 있어서 좋은데, 이곳에서 죽음에 대한 안내와 돌봄을 받으면 조금 더 편하게 죽음을 맞을 수 있을 텐데…… 나는 이런저런 섭섭한 마음이 들긴 했지만, 우선 그분들을 만나 설득하고 이해시키고 싶은 마음이 더 컸다. 마을 사람들은 매일매일 몰려와 시위했고, 나는 그들의 마음을 돌리기 위해 애썼다. 하지만 쉽지 않았다. 그 과정에서 '아! 이분들은 호스피스가 뭔지 전혀 모르고, 죽음을 너무 무섭고 두려운 것으로만 느끼는구나'란 생각이 들었다. 호스피스 돌봄센터 건립을 5년 정도 뒤로 연기해야 하나, 하는 마음이 일었다. 그러자 외국에 나가 공부를 하며 죽어가는 사람들을 보살피는 일에서 멀어지고 싶은 마음도 같이 생겼다. 이 일에서 벗어날 참 좋은 기회였다. 태산 같은 부담감에서 벗어날 기회가 온 것 같았다.

외국으로 떠날 준비로 이런저런 정리를 하고 있던 어느 무더운 여름날, 호스피스 일로 알고 지내던 수녀님에게서 전화가 왔다. 이곳에 스님 같은 환자가 있는데 가족도, 돌보는 사람도 없다고 했다. 임종이 임박한 상태이니 수녀님은 내가 병원에 한 번 다녀가길 원했다. 왠지 스님이면 어쩌나 싶은 느낌이 들었고, 스님이라면 타종교인에게 도움을 받는 건 사문의 정체성에 허물이 된다고 생각해 바로 다음 날 아침 일찍 서울로 향했다.

수녀님의 안내로 잠시 작은 방에서 여러 가지 기본적인 임상 자료를 브리핑받고 호스피스 병실로 들어갔다. 날이 너무 더워 병실 공기가 탁하고 습했다. 창 옆 침상에는 뼈만 남은 것 마냥 앙상하게 마른 한 남자가 누워 있었는데, 수녀님이 저분이라고 눈짓으로 말해주었다. 살포시 다가가 깡마른 손을 조용히 잡아도 환자는 눈을 뜨지 않았다. 느낌이 스님 같았다. 그래서 귓전에 대고 "스님!" 하고 불렀다. 그러자 그는 그제야 눈을 뜨고 나를 바라보았다. 웬 비구니가 비구 손을 잡고 있으니 '누구?' 하며 놀라는 눈치였는데 눈빛에 반가움이 서렸다.

스님이라는 것을 확인한 순간, 억장이 무너져 할 말을 잃었다. 머리카락과 수염은 제멋대로 길어 엉망이고, 목욕은 언제 했는지 옷 속에 살비듬이 뚝뚝 떨어지고, 손톱과 발톱은 길어 살을 파고 들어갈 정도였다. 차마 바로 볼 수 없는 모습이었다. 대명천지 밝은 하늘 아래 어찌 이런 일이 벌어졌을까? 너무 당황해 잠시 내가 외국에 나갈 날짜가 며칠 남지 않았다는 것을 깜빡 잊어버렸다.

무엇부터 먼저 해야 하나 막막한 심정이었다. 밖에 나가 속옷, 이발기, 면도기, 수건 등을 사 왔다. 그러고는 스님을 휠체어에 모시고 병실 목욕탕으로 가 간신히 삭발 면도하고 깨끗한 새 속옷으로 갈아입혔다. 단정해진 스님의 모습을 보고 호스피스 병동 자원봉사자들이 모두 깜짝 놀라는 눈치였다. 타 종교 봉사자가 나를 찾아와 정말 미안하다고 말했다.

"저희는 스님인 줄 정말 모르고 기독교인, 천주교인 할 것 없이 찾아와 찬송가 부르고 성경을 읽어드리고 했습니다. 정말 죄송합니다."

나중에 그 병실 보호자에게서 들은 이야기이지만, 교회에 다니는 교인들은 목사님을 모시고 와 기도를 드리고 하나님을 믿어야 천국 간다며 몇 차례 설교를 했단다. 천주교 봉사자는 임종 전에 대세代洗(죽음 앞에 선 환자들에게 간단한 의식으로 세례를 주고 그 가족과 환자를 천주교인으로 개종시키는 의식)를 받게 하자고 해 원목실에 신청하려고 했는데, 수녀님이 내게 연락해서 이렇게 오게 되었다는 내용이었다.

'어떻게 이런 일이……'

스님은 누가 와서 무슨 짓을 해도 눈을 뜨지 않았고, 봉사자들이 목욕하자고 해도 거부하며, 손톱 발톱 깎는 것도 허락하지 않았다고 했다. '왜 그렇게 해야 했으며 그럴 수밖에 없었을까? 이렇게 무더운 여름날에……'

나는 벼랑 끝에 선 기분이었다. 씻기고 옷을 갈아입혀 자리에 눕히고 바라보니 얼마나 거룩하고 맑은 모습인지…… 옛말에 한 다리가 천 리라고, 그래도 부처님의 한 제자로, 비구니에게 당신 몸을 맡기는 게 덜 서글프고 덜 비참했을까……

'스님! 제가 이제 곁에 있을 거예요. 아무 염려 마세요.'

우리는 서로 마주 눕고 앉아 이야기를 했다. 법랍法臘 24년, 출가 이후 지금까지 선방에서만 정진하느라 토굴 하나 장만하지 못한 구도자였다. 지난겨울 결제結制(불교 승려가 일정 기간 외출하지 않고 한 곳에 머물며 수행하는 안거를 시작함) 때 자꾸 잔기침이 나서 해제解制(안거를 마침)하면 병원에 한번 가봐야지, 했는데 주위에서 병원은 서울로 가야 한다고 하여 해제 뒤 도반들과 함께 이곳으로 왔다고 했다. 그런데 진찰 결과 폐암 말기였다.

처음에는 도반 스님들이 해제비를 털어 입원했고, 이후 도반들이 오가곤 했는데 몸이 그지 그래서 모두 결제 들어가라고 했단다. 그런데 이렇게 빨리 병이 깊어질 줄이야……

올해 세속 나이가 47세. 속가에는 여동생 하나 달랑 살아 있어 가끔 왔다 가곤 했는데, 어렵게 살다 보니 요즘에는 통 못 온다고 했다.

커다란 키에 뼈만 남은 육체의 고통도 무섭게 괴롭혔다. 숨이 가빠 온몸의 땀구멍마다 식은땀이 송골송골 맺혔다. 산소 부족으로 청색증이 와서 전신의 피부는 파랗게 죽어가고 물 한 모금 제대로 떠 넣어주는 이가 없어서 혀는 마른 논바닥처럼 갈라져 있었다. 거즈에 물을 묻혀 입속에 넣어드리고 있는데 밖에서 누군가가 나를 찾았다. 병원비 문제로 올라온 병원 직원이었다. 직원은 보호자란에 적힌 전화번호로 전화를 몇 번이나 했지만 연락이 되지 않고, 여동생이 왔다고 해서 만나 사정을 말하니 알았다고 해놓고는 연락도 없고 한 번도 오지 않으니 도와달라고 했다.

"스님, 병원비는 어디로 청구하면 되나요?"

대답이 퍼뜩 떠오르지 않았다.

"아, 선생님. 제가 해결해드리겠습니다."

나도 한 칸 토굴 형편인데 이리 대답할 수밖에 없었다. 그 많은 돈을 어디서 구할까? 생각나는 대로 전화를 돌렸다. 차마 스님 병원비가 없어 그런다는 사정 이야기는 하지 못하고 일곱 군데 전화를 해서 돈을 마련했다. 그리고 신심 깊은 한 보살님께 스님 떠날 때 입힐 수의 한 벌 값까지 부탁했다. 이 모든 과정은 그 비구 스님의 청정한 수행 공덕 덕분이었으리라.

병원에 머물며 스님과 많은 이야기를 나누었다.

"스님, 왜 저 사람들이 와서 무례하게 굴면 나무라시지 가만히 계셨어요?"

스님은 숨이 턱까지 차올라 괴로워하며 말씀하셨다.

"우리나라에서 땅을 제일 많이 가진 종교가 불교인데, 중이 지 죽을 자리 하나 없어서 남의 병원에 와서, 그것도 이래 큰 십자가 아래 누워 죽는 주제에 무슨 할 말이 있겠노? 허! 허! 내가 이래 큰 십자가 아래서 죽어 나갈 줄 우예 알았노? 내가 중이믄 뭐 하겠노? 부끄러바서 눈도 뜰 수가 없었제."

스님의 부끄러운 마음이나 지금 내가 부끄러운 이 마음이나 같지 않을까.

"스님! 은사 스님은 안 계세요?"

"난 복이 없어……"

"문중은요?"

"내가 있어야 문중도 있는 것이제……"

"그런다고 대세를 받으시겠다고 하면 어떻게 해요."

"대세가 뭔지 내 우예 알겠노? 그게 뭐 그리 중요하노?"

스님에게 대세라니? 삶의 끝자락에 선 불교인의 신세인데, 누구를 원망하겠는가.

"스님! 제가 저 바랑 좀 열어봐도 되지요?"

스님은 눈으로 그러라고 허락했다. 바랑을 열어보니 가사, 장삼, 지갑, 승려증, 현금 8만 원, 통장(120만 원이 들어 있었다)이 스님의 단촐한 생활을 보여주듯 들어 있었다.

"스님! 그동안 살아오신 짐들은요?"

내 물음에 스님은 고개를 흔들었다. 20년 세월을 수행자로 살아온 마지막 모습이 이토록 비참할 수가……숨이 차서 좌불안석인 스님은 푹 꺼진 눈으로 나를 지그시 바라보다가 눈물을 토해냈다. 붉은 눈에서 눈물이 멈추지 않고 쏟아졌다. 닦아도 닦아도 흘러내리던 그 눈물의 의미는 무엇이었을까.

나는 스님을 모시고 내 토굴로 오고 싶었지만 형편이 그러질 못해서 더욱 죄송하고 안쓰러웠다. 그 병원 십자가가 유독 컸는데 하필이면 스님 머리 바로 위에 걸려 있어서 마음이 더욱 불편했다. 침대로 올라가 한시도 잠을 이루지 못하는 스님을 끌어안아 무릎 위에 몸을 누이고 작은 소리로 "엄마가 섬 그늘에 굴 따러 가면 아가는 혼자 남아……" 하며 노래를 불러주었더니, 스님은 힘없는 손으로 내 손을 꼭 잡으며 말했다.

"시님! 내 부탁 하나 들어주소, 꼭!"

"네, 스님. 말씀하세요."

"나는 이렇게 느무 병원 십자가 아래서 누워 죽지만, 우리 시님들 늙거나 병들면 편히 죽을 수 있는 병원 하나 지어주소. 스님은 할 수 있어."

나는 너무 놀라고 당황해서 손사래를 쳤다.

"스님, 난 못 해요. 내가 의사도 간호사도 아니고, 그렇다고 무슨 능력이 있는 것도 아닌데…… 안 돼요! 스님! 병원은 아무나 하는 게 아닐 거예요."

그러자 스님은 내 손을 더욱 세게 잡으며 말했다.

"원願을 세워요, 스님! 부처님이 계시니까."

"못 해요! 스님! 난 지금 스님을 뵙는 것도 가슴이 아파 찢어질 것 같은데…… 못 해요, 절대로. 그냥 이렇게 하면서 살래요."

스님은 말려 들어가는 혀로 끝까지 나를 설득했다.

"부탁허요, 이런 일이 있어서는……"

곁에 서 있던 수녀님은 마음이 안 되었는지 안쓰럽다는 표정을 지으며 자리를 떴다. 점점 목소리에 힘이 빠지면서도 끝까지 부탁하는 스님의 말씀이 간곡했다.

"내가 죽어서라도 도와줄게. 원만 세워! 원만 세우면 다 돼."

스님의 눈물이 내 승복 바지에 젖어들었다.

"죽어서라도…… 내가…… 내가……"

갑자기 눈물이 마구 났다. 얼마나 서글프고 곤혹스러웠으면 나같이 어설픈 중생에게 그런 부탁을 유언으로 남기는가. 스님은 자신이 죽더라도 공부 중인 도반들에게 알리지 말아달라고 당부하며 벽제 화장터에서 화장한 뒤 뿌려주길 부탁했다. 나는 내 분수도 모르고 고개를 끄덕이며 그렇게 해보겠노라고 약속했다.

땅을 사두고도 동네 사람들의 원성에 밀려 한국을 떠나려던 내 마음을 들킨 것 같아서 당황스럽고 부끄러웠다.

나는 스님에게 날 도와주지 않으면 일을 하다가도 그만두고 도망갈 거라고 했더니, 임종의 고통 중에도 스님은 웃음을 보였다. 창밖으로 추적추적 장맛비가 내리던 날 오후 4시에 스님은 내 체온에 의지한 채 병든 육신을 여의고 그렇게 이승을 떠났다.

이틀 뒤, 나는 스님의 여동생과 함께 스님을 모시고 벽제 화장터로 갔다. 스님을 화장한 뒤 하얀 가루 한 봉지를 담은 작은 통 하나를 달랑 들고 장대같이 쏟아지는 빗속에 고속도로를 달려 문경 어느 산사, 풍경소리를 들을 수 있는 곳에 스님을 뿌렸다. 하얀 가루는 빗물에 쓸려 어디론가 떠내려가고, 나는 비를 맞으며 덜덜 떨고 있는 여동생의 손을 잡고 내 토굴로 돌아왔다.

스님은 나와 함께 5일간 여정을 하는 도중에도 호흡을 많이 힘들어했지만, 당신의 수행 생활에 대한 추억과 도반 이야기, 출가하고 처음 와보는 대형병원에서의 6개월 투병 생활에 대한 이야기를 들려주었다. 그리고 우리 불교계에도 호스피스 전문병원이 반드시 있어야 한다고, 그 필요성을 절실히 느꼈다고 하며 내게 호스피스 전문병원을 지어달라고, 출가사문답게 죽을 수 있는 환경이 필요하다고 말했다. 아직도 그분의 말씀이 귓전을 떠나지 않는다. 내가 해야 할 일이 무엇인지, 내가 하고 싶은 일이 무엇인지 가슴 깊은 곳에서 들려왔다.

아주 오래전 이야기이지만 지금 와서 생각해보니 그 스님 말씀이 거름이 되어 '자재병원'이라는 열매가 맺힌 것이 아닌가 싶다. 그분이 아니었다면 내가 과연 지금 이 순간 이 길을 걷고 있을까…… 아마도 스님이 죽어서도 나를 도와준 게 아니었을까.

별처럼 아름답게

정토마을 자재병원은 영남알프스 산맥의 가운데에 자리 잡고 앉았다. 이곳은 공기가 맑고 깨끗한데 가끔 밤에 하늘을 보고 있으면 쏟아지는 별들이 내게 말을 걸어오는 것만 같다. 나는 밤하늘의 별을 보며 인간의 탄생과 죽음을 생각한다. 우주에서 태어나고 자라고 죽어가는 별의 일생은 우리네 삶과 다르지 않다.

가장 밝은 별이라고 알려진 초신성은 원래 '손님별'이라고 불렸다. 우주에 잠시 머물다가 가는 손님별. 태양보다 커진 별들은 대규모 폭발을 일으키며 일생을 마치는데, 이때 순간적으로 엄청난 에너지를 방출하면서 별을 이루던 많은 물질들이 우주 공간으로 흩어진다. 즉,

우리가 보는 초신성은 질량이 가장 큰 별이 가장 밝은 빛을 내며 죽어가는 모습이다. 우주의 신비이다.

별이 우주의 먼지가 되어 흩어지는 것처럼 인간도 이 우주의 작은 먼지에 불과한지도 모른다. 별이 탄생하고 죽어가듯 인간도 생과 멸을 거듭한다. 그러나 이러한 만물의 질서, 우주의 질서에 저항하는 존재는 인간밖에 없다. 인간도 별처럼 현생에 잠시 머물러 아름답게 빛나다가 다른 삶을 향해 나아갈 수 있을까? 그러기 위해서는 죽음에 대한 교육이 필요하다. 빠르면 빠를수록 좋다. 우리는 죽음에 대해 무지하기에 예기치 못한 죽음을 맞닥뜨렸을 때 몹시 고통스러워하고 힘들어하는 사람들이 많다. 내가 어디서 어떤 모습으로 생의 마지막을 맞게 될지 미리 생각해두어야 한다.

20대인 한 젊은 남성 환자가 있었다. B형 간염을 제때 치료하지 못해 암이 생겨 자재병원에 오게 되었다. 그 청년의 가족은 종교가 없었다. 그래서 병에 걸린 젊은 청년에게 부처님 명호를 노래로 가르쳐주었다. 음악에 소질이 있어 가수가 꿈이던 친구였다.

가난한 부모님의 살림살이는 가수라는 꿈에 좋은 자양분이 되진 못했다. 하지만 그는 형편을 비관하지 않고 가수가 되기 위해서 나름대로 노력하며 살았다. 그러다 그만 병을 얻게 된 것이다.

노래하던 친구라고 하기에 음정도 박자도 없는 염불가를 가르쳐주었다. 죽음에 가닿은 뒤에 다음 생으로 가는 여정에 이 노래가 도움을 될 것이라고 알려주었더니 그는 종종 알려준 노래를 불렀다. 목소리가 좋아서 아름다운 소리로 아마타불을 부르니, 참 듣기가 좋았다. 그래서 아프지만 않다면 얼마나 좋을까, 하는 아쉬움이 더 컸다.

그에게 자재병원에서 보낸 3개월은 염불을 노래하기 시작한 시기이며, 불교라는 종교와 만남이 깊어지는 시간이었다. 노래를 부르면서 죽음을 맞이하고 죽음 이후에도 노래를 부르며 극락이라는 세상에 태어날 수 있다고, 그런 믿음을 갖도록 도움을 주고 싶었다.

누워서 때론 앉아서 창밖을 바라보며 다시 태어나고 싶다는 마음을 다지면서 〈아미타경〉에 나오는 내용으로 극락세계를 상상하게 했다. 보호자인 엄마는 아들이 무언가를 열심히 준비하는 모습을 보며 긴장을 풀고 마음의 안정을 찾았다.

"스님, 저는 극락왕생을 한 뒤에 다시 인간 세상에 태어날 거예요."

"무엇 때문에?"

"제가 이루고 싶은 꿈이 있어요. 다시 이 세상에 오면 출가할 거예요. 극락세계에 갔다가 다시 올 수 있지요?"

이 친구는 극락세계에 태어났다가 다시 출가하여 음악으로 아픈 마음을 치유하는 승려가 되고 싶다고 했다.

이 세상을 떠나 이 몸을 벗어버린 뒤에도 아미타불 노래를 부르면서 극락세계를 상상하면 극락이라는 세상에 태어날 것이고, 그다음 인간 세상에 태어나서 출가의 삶을 살겠다는 강한 신념을 갖는다면 이 세상에 다시 태어날 수 있다고 말해주었다.

태어나고 싶은 좋은 나라를 정하고, 출가하도록 도울 수 있는 부모님도 정하고, 성별 잘 정해서, 출가자의 모습을 상상하면서 중생을 돕는 멋진 삶을 꿈꾼다면 그 꿈은 반드시 이루어진다는 믿음과 희망을 갖도록 도움을 주었다. 그렇게 보낸 환자와의 3개월 여정은 그리 슬프지 않았다.

우리는 희망차고 가슴 설레는 여정을 함께했고, 더 이상 아무것도 할 수 없는 몸에 대한 이해를 깊이 하는 시간을 많이 가졌다. 아쉽고 미련이 많이 남았지만, 더 멋진 삶을 얻어서 꿈을 이룰 수 있는 방법을 배우고 알아가는 시간이 젊은 청춘에게는 깊은 의미와 가치를 지니게 했다. 나는 이 친구가 사후여정을 잘 해낼 수 있도록 기도를 하며 적극적으로 돕기로 했다.

젊어서인지 암의 진행속도는 매우 빨랐다. 하지만 환자는 염불을 팝페라처럼 불러주었고, 그때마다 나는 "브라보"를 외치며 박수쳤다. 다른 간암 환자처럼 복수가 차거나 황달이 심하거나 하지 않고 신체 증상들이 매우 수월하고 안정적으로 진행되었고, 통증도 그리 심하지 않아서 노래를 수시로 부를 수 있었다. 참 용기 있는 젊은이였다. 보호자인 엄마도 아들의 노래로 위안을 받았고, 노래를 통해 소통하는 모습을 보며 아름다움을 느꼈다.

무엇보다도 증상이나 통증이 심하지 않아서 마지막 시간을 다음 생을 위한 작업으로 채워갈 수 있었다. 친구들과도 반드시 다시 만나자고 약속하며 용기와 믿음을 가지고 마지막 여정을 멋지게 해내는 모습이 건강하게 하루하루를 사는 우리에게 좋은 귀감이 되었다.

그 청년이 죽고 1년이 지난 뒤, 어머니 가족 중 음악을 하는 분이 있는데 그 부부에게 세 번째 아기가 잉태되었다고 했다. 이후 여자아이가 태어났는데, 신기하게도 그렇게 태어난 아이는 시간이 갈수록 아들을 잃은 사별 가족 어머니에게 친밀감을 보이며, 그분 집에만 오면 편안히 잘 지낸다고 했다. 가족들은 이 아이가 음악에 관심을 갖는지 유심히 관찰하고 있다는 소식을 수시로 전해주었고, 아이가 음악에 뛰어난 소질을 보인다는 이야기를 전해 들을 때마다 나는 우리의 신념이 또 다른 생을 얻는 데 반드시 도움이 된다는 믿음을 굳게 가지게 되었다.

또 다른 생을 얻게 하는 것은 무엇일까? 죽음 이후 어떤 노력으로 이 세상에 태어났을까? 그 아이처럼 우리는 다시 지구라는 집으로 돌아올 수 있을까?

우주의 수많은 별 중에 초신성은 폭발 후 작은 부스러기들과 다시 만나 또 다른 별을 만들어낸다. 마찬가지로 인간도 육신은 부서졌지만, 업이라는 잔해들이 모여서 또 다른 삶을 구축해낸다. 소멸은 또 다른 시작이라는 우주의 진리를 통해 인간의 삶과 죽음을 돌아보았으면 한다.

《바가바드기타》에는 이런 이야기가 나온다. 크리슈나는 자신의 제자인 아르주나에게 "인간은 마지막에 생각한 것에 따라 육신을 버리고 다음 삶을 얻으리라"라고 했다. 중요한 이야기이다. 이생을 떠날 때 마지막으로 하는 생각이 다음 생에 엄청난 영향을 미친다는 것을 유념해야 한다. 〈금강경〉에는 다음과 같은 말이 있다.

"생의 모든 현상은 꿈같고 환상 같고 물거품 같고 그림자 같고 반짝이는 이슬 같고 번갯불 같으니, 그대 마땅히 그와 같이 알아야 할지니라."

세상은 나의 반영이자 곧 현상이다. 생각이 중요하다. 내 삶과 생명을 죽음에 모두 내놓아야 할 때 일으키는 바로 그 마지막 생각 말이다. 그 생각이 다음 생에 결정적인 영향을 미친다.

우리는 이생에서 뜻을 가져야 한다. 열심히 수행하고 죽음에 대해 배우면서 지금 이 순간을 최고의 기회로 삼아야 할 뿐만 아니라, 죽음 역시 최고의 기회로 삼아야 한다. 이를 통해 윤회의 사슬과 재생의 여정에서 벗어나 열반의 세계에 들 수 있다면 얼마나 좋겠는가.

마지막으로 《티벳 사자의 서》에 나오는 아름다운 글귀를 소개한다. 이 글을 읽는 독자들의 마음이 영원히 변치 않는 빛임을 잊지 않길 바란다.

"그대의 마음이 바로 영원히 변치 않는 빛, 아미타바이다. 그대의 마음은 본래 텅 빈 것이고 스스로 빛나며, (…) 본래 태어남도 없고 죽음도 없는 것이다."

지금 이 순간이
얼마나 소중한가

2

태어나면 반드시 죽는다.
분노는 내 몸과 정신을 불태운다.
내 몸은 건강하다.
나는 행복한 사람이다.
나는 복이 많은 사람이다.
사람들은 모두 나를 사랑한다.
나는 모든 사람들을 사랑한다.

무소유가 소유

"사람 나고 돈 났지, 돈 나고 사람 났나?"

어린 시절, 동네 어른들에게서 자주 듣던 이 말의 의미를 호스피스 현장에서 일하며 종종 되새기게 된다. 돈은 마치 고통과 강한 끈으로 연결된 것 같다. 호스피스 현장에서 죽어가는 환자를 보살피며 돈과 고통이 인간의 성품을 파괴하고 상실하게 하는 사례를 자주 접하다 보니 자연스럽게 '돈은 무엇인가'란 화두를 들게 되었다.

돈이 없는 사람은 돈이 없어서 고통스럽고, 돈이 많은 사람은 돈이 많아서 더더욱 고통에 시달리는 일은 내게 뜨거운 화두 하나를 던졌다. 선방에 가지 않아도 저절로 화두가 성성하여 두 눈을 빛나게 한다.

죽어가는 이들을 보살피고 도우며 이 세상에서 가장 무서운 것이 사람과 돈이라는 것을 거듭거듭 확인했다. 돈이 얼마나 무서운지, 똑같은 돈도 어떤 마음을 내어 쓰느냐에 따라 삶과 죽음이 어떻게 달라질 수 있는지 수시로 배우게 된다. 같은 물도 뱀이 먹으면 독이 되고, 소가 먹으면 젖이 된다는 부처님 말씀처럼 말이다.

여러 채의 집과 많은 땅을 가진 한 부자 할머니가 있었다. 할머니는 일흔여섯이었는데 연세에 비해 무척 정정해서 정신도 맑고 셈도 잘했다. 세 아들과 두 딸을 사회적으로 성공하도록 잘 키운 훌륭한 어머니이기도 했다. 20년 전 암으로 세상을 떠난 남편에 이어 당신도 암을 선고받자, 할머니는 매우 큰 충격과 두려움에 빠졌다. 의사는 대장암이 폐로 전이되어 길어야 6개월 정도 살 수 있다고 했다.

직접 운전을 해 친구들과 맛있는 것을 먹으러 다니던 어르신이었는데, 그렇게 활기 넘치던 분이 암을 선고받고 각종 검사와 치료를 받는 과정에서 육체적으로도 심리적으로도 많이 위축되고 경직되었다. 그러면서 자녀들에게도 점점 마음의 문을 닫았다.

병원에서는 더 이상 적극적인 치료가 불가능한 상태

라고 했지만, 할머니는 미국이든 중국이든 어디든 가면 당신의 병을 고칠 수 있지 않을까, 하는 기대를 버리지 않았다. 그래서 의사의 이야기에 치료를 포기해버린 자식들을 원망했다. '아, 저놈들이 내가 빨리 죽기를 바라는구나. 내 재산을 노리고 내가 죽었으면 하는 마음을 갖는구나.' 이렇게 부정적인 마음을 가졌다.

자식들 또한 어머니가 언제쯤, 어떻게 유산을 나눠줄까 노심초사하며 어머니 곁을 분주하게 맴돌았다. 그럴수록 할머니는 생각했다. '그래, 두고 봐라. 너희에게 한 푼도 못 준다. 내가 다 쓰고 갈 거야.'

할머니는 자식들에게 간병을 받지 않고 따로 간병인 두 사람을 두었다. 그들에게 아주 많은 간병 비용을 지불하면서 적극적인 간병을 받았다. 병원에서 6개월이 남았다고 진단받았지만, 할머니는 2년 넘게 더 살았다. 그럴수록 할머니는 '내가 이렇게 더 살 수 있는데도 불구하고 너희는 나를 포기했구나.' 하며 자식들을 점점 더 괘씸하게 생각했다.

할머니가 진단을 받고 임종하기까지 2년 반 정도의 시간 동안 자식들은 어머니의 재산을 두고 날마다 다퉜다. 섭섭하고 서운한 어머니의 마음을 알아주는 자식은

아무도 없었다. '우리 어머니가 왜 저럴까. 우리 어머니
가 변했어'라고만 할 뿐.

할머니는 큰 자식이 오면 "네가 최고다"라고 하며 재
산을 큰 자식에게 다 줄 것처럼 말했다. 막내가 오면 또
"네가 최고다, 너밖에 없다." 하며 재산을 다 줄 것처럼
말했다. 그럴 때마다 자식들은 어머니의 재산이 자신에
게만 주어질 것이란 기대했고, 가족들은 점점 더 갈등과
괴로움 속으로 빠져들었다. 서로를 불신하고 미워하고
외면했다. 막내딸이 어머니에게 "엄마는 우리를 모두 돈
에 미치게 하고 있어! 모두 엄마가 가진 돈 때문에 미치
고 있잖아! 엄마 자식들은 악마 같아. 나부터 엄마 죽을
날만 기다리고 있잖아. 이게 엄마가 할 일이야? 어떻게
엄마가 되어서 그렇게밖에 못 해!" 하며 퍼부었다.

막내딸의 패악을 들으며 누운 할머니는 빙긋이 웃었다.

나는 할머니의 얼굴을 보면서 할머니가 자식들에게
원하는 게 무엇일까 생각했다. 이 세상에서 부모와 자식
으로 만나서 뼈와 피를 나누었지만, 인간은 역시 각자 개
별 존재인가 싶어졌다.

시간이 흐를수록 자식들의 마음에는 집착, 탐심, 탐욕
의 불길이 활활 타올랐다. 할머니는 손자 손녀나 며느리
가 오면 미리 바꿔 두었던 현금을 뭉텅뭉텅 주었다. '내

가 이렇게 돈이 많은 사람이야. 너희는 나를 함부로 하면 안 돼. 나를 잘 보살펴야 해.' 이런 뜻이 담긴 돈이었다.

그런 날들도 점점 기울어갔다. 점점 복수가 차고 정신이 혼미해져 말씀도 제대로 못 하게 되자 자식들은 할머니를 병원에 모셨다. 할머니는 생의 마지막 순간에 중환자실에서 지냈다. 그 시간에도 자식들은 어머니가 정리하지 않은 재산문제로 갈등하기만 했다. 어머니가 중환자실에서 어떤 고통을 받고 있는지, 어떻게 죽어가고 있는지는 아무도 관심을 가지지 않았다.

이 세상에 남긴 것이 많은, 집착이 강한 사람은 죽는 것도 너무 힘들고 그 고통은 참으로 잔인하다. 결국 할머니는 중환자실에서 홀로 임종을 맞았다. 다섯 명의 자식 중에 세 명만 돌아가신 어머니를 수습하고 장례식을 치렀다.

장례 중에도 자식들의 관심은 여전히 어머니의 재산문제에 쏠려 있었다. 이 모든 과정을 지켜보며 참 많은 생각이 들었다. 돈이라는 것이 좋기도 하지만, 때로는 사람의 탐심을 증폭시키는 무시무시한 도구가 되기도 한다. 모든 욕망이 나쁜 것은 아니지만 물질에 대한 과도한 욕망은 우리의 삶과 죽음을 고통스럽게 만든다.

유한양행의 초대회장 유일한 박사는 '노블레스 오블

리주'를 실천한 경영인으로 오늘날까지도 사람들에게 많은 존경을 받고 있다. 당시 그가 남긴 유서는 세간을 놀라게 했다. 자신이 가진 유한양행 주식 전부를 학교에 기증한다고 했기 때문이다. 또 자녀에게는 "대학까지 공부를 시켜줬으니 이제부터는 너희 스스로 길을 개척하라"는 말을 남기며 재산을 전혀 주지 않았다. 본인이 가진 부와 명예 그리고 재산을 모두 내려놓고 길을 떠난 유일한 박사의 신념과 철학은 역사 속에 오래오래 교훈으로 남을 것이다.

돈이면 다 된다는 물질만능주의가 만연한 사회에서 필요한 건 하나를 버림으로써 하나를 얻고, 비워야만 채울 수 있다는 진리를 아는 것이다. 물질의 욕망에 사로잡혀 헛된 욕망만 좇는 삶은 부박하다. 물질에 대한 집착에서 벗어날 때 진정 삶과 죽음에서 자유로워질 수 있다. 무소유가 소유다.

기러기 아빠

여든이 다 된 노모가 보호자인 환자가 있었다. 40대 중반인 아들은 늙은 어머니의 부축을 받으며 힘겹게 병실로 들어왔다. 병실에 들어오자 그의 눈동자가 바삐 움직였다. 주변을 파악하고 인식하면서 빠르게 적응하려는 듯 보였다.

나는 환자의 입원 절차를 끝내고 기본 임상기록을 살펴보았다. 확정 병명은 간암 말기. 그는 전직 학원 선생님으로 딸이 하나 있는데, 딸은 이혼한 아내와 함께 미국에서 산다고 했다. 외아들로 누이와 늙은 어머니의 시중을 받으며 투병하다 정토마을로 왔다. 홀로 지내며 평소에 술과 담배를 즐겨 했단다. B형 간염을 앓은 적이 있고, 황달과 복수가 차올라 심각한 상태였다. 예리하고 지적인 옆모습에서 권위적인 분위기가 많이 느껴졌다.

환자는 좋은 대학을 수석 합격해서 수석 졸업한 수재로, 집안의 희망이자 기둥이었다. 어머니의 말에 의하면, 아들은 비상한 두뇌 덕에 사람들의 부러움을 많이 받으며 살았다고 한다. 어머니는 외아들의 출세를 위해 시골에 있는 논밭을 팔아 뒷바라지를 아낌없이 했고, 결국 성공시켰다. 이야기는 눈물이 되어 늙고 지친 어머니의 주름살을 타고 흘러내렸다. 나는 그 어머니의 긴 이야기에 마음을 기울였다.

환자는 자신을 '선생님'이라고 불러달라고 했고, 간호사들은 그를 "선생님"이라고 불렀다. 환자는 만나는 의사마다, 간호사마다 자신이 아직 희망이 있는지 물었고, 간이식 등 무슨 방법을 동원하더라도 살 수 있는 길이 있다면 하고 싶으니 아는 것이 있으면 도와달라고 했다.

환자는 무엇보다 더 좋은 병원에 가면 살 수 있는데도 어머니와 누이들이 자신을 살리려는 의지가 없다고 불평했다. 스님들이 병실로 찾아가 함께 이런저런 이야기를 나누었지만, 안타깝게도 환자의 심리 상태는 전혀 나아질 기미를 보이지 않았다.

환자는 틈만 나면 미국에 가고 싶다고 늙은 어머니를

힘들게 했다. 무엇보다 가족이 자신의 회복에 마음을 기울여주지 않는다고 분노했다.

환자가 화내는 분노의 대상은 다양했다. 특히 자신처럼 유능한 인재를 그냥 죽도록 방치하는 사회를 "썩은 곳"이라고 하며 화를 냈다. 친구이자 동료였던 사람들이 자신을 외면한다고도 분노했다.

우리 병원 사람들 모두에게 그는 '선생님'이었다. 사회를 어떤 관점에서 바라보고 어떻게 살아야 하는지 이야기하면서 우리의 주의를 집중시켰고, 현재 자신의 몸 상태를 강하게 부정하며 거부감을 드러내 스스로를 힘들게 했다.

환자는 언제나 간호과장과 의사 선생님 그리고 나와만 대면하려고 했다. 다른 사람들이 곁에 가서 불러도 눈도 뜨지 않았다. 그렇게 눈도 뜨지 않을 때가 많은 환자와 어느 날 아침 병실에서 눈이 마주쳤다.

"스님이시네?"

환자가 나를 보며 미소를 띄었다.

"오늘 아침 기분은 어떠세요?"

환자는 스스럼없이 대답했다.

"스님이 오시니까 좀 살겠네."

"구체적으로 무엇이 어떻기에 좀 살겠는지요?"

"일단 느낌이 다르니까요."

"어떤 느낌일까요?"

"안심이 되고 따뜻하고 평화로운 느낌."

환자는 수줍은 듯 웃었다. 수줍게 웃는 환자의 등 뒤로 가서 두 팔로 살며시 야윈 어깨를 안아주었다. 잠시 자리에 앉아서 이런저런 힘든 이야기를 나누던 중 그가 하얀 쪽지를 내 손에 쥐여주었다.

"친구가 모 대학교 선생님인데 아마도 내가 여기에 있다고 하면 찾아올 겁니다. 그러니 그 친구에게 내가 여기에서 죽어가고 있다고 꼭 좀 전해주세요. 내가 믿고 부탁할 데는 스님밖에 없거든요."

"아, 그렇군요. 그런 친구분이 계셨군요. 연락드려볼게요. 그런데 선생님께서 혹시 마음에 두고 계신 병원이 있나요?"

"아, 예. 아무래도 미국이나 일본으로 가야겠지요."

그렇게 말하며 그는 쑥스럽다는 듯 웃었다.

"아! 외국에 있는 병원에 가고 싶으신가 봐요."

"예, 그렇습니다. 외국에 있는 병원에 가면 살 수 있을 것 같아요."

환자의 목소리에 설렘과 기대가 어렸다. 옆에서 듣고

있던 어머니께서 아들의 등을 내리치며 "미친놈아! 정신 차려. 1차 수술하고 나서 잘 관리해야 한다고 할 때는 고래처럼 술을 퍼먹더니 지금 와서 누가 너를 살려준단 말이고. 이 한심한 놈아, 이놈아." 하고는 답답한 듯 밖으로 나가버렸다.

방으로 돌아와 쪽지에 적힌 번호로 전화를 걸었다. 수화기 너머로 친구의 중후한 목소리가 들렸다. 나는 조심스럽고 부드러운 목소리로, 당신의 친구가 호스피스 병원에 이런 상태로 입원해 있고, 당신을 몹시 기다리고 있다고 전해주었다. 친구는 너무 바빠서 내려갈 수가 없다며, 언제 시간 나면 한번 내려가겠다고 전해달라며 전화를 끊었다.

마음이 아팠다. 무슨 말을 어떻게 해야 환자가 실망하지 않을까 고민하면서 병실로 올라갔다. 황달이 심한 환자의 두 눈을 바라보면서 나는 천천히 입을 열었다.

"친구분께서 머지않아 한번 다녀가시겠다고……"

환자가 갑자기 일어나 앉으며 벌컥 화를 냈다. 스님이 어떻게 전화를 했기에 금방 오지 않고 다음에 온다고 하냐며, 자기가 시킨 대로 똑바로 전화를 한 거냐며 짜증을 냈다. 그러고는 전화기를 가지고 오라고 했다. 내 휴대폰을 환자의 손에 쥐여주었다. 내 전화번호를 기억하고 있던 친구가 전화를 받지 않자 전화기를 이불 위로 집어 던졌다. 마음이 착잡해진 나는 환자의 등을 쓸어내렸다. 환자가 혼잣말로 되뇌었다.

"나에게 이럴 수는 없지. 내가 자기들 어려울 때 얼마나 잘해줬는데."

나는 안타까운 마음에 밖으로 나와서 다른 전화기로 다시 친구에게 전화를 걸었다. 그러자 친구가 전화를 받았다. 가까운 시일 내에 꼭 방문해달라고 거듭 부탁했다. 환자의 삶이 얼마 남지 않았다고 덧붙이면서……

사흘이 지난 주말에 친구가 찾아왔다. 환자는 뛸 듯이 기뻐하며 친구를 우리에게 자랑스럽게 소개했다. 그러고는 친구를 붙잡고 살려달라고 애원했다.

"너 내 친구지? 내 친구 맞지?"

환자는 외국에 있는 유명한 병원 이름을 대면서 그 병원에 자신을 입원시켜 달라고 애원했다.

"어…… 어. 그래…… 그래."

환자의 말을 들으며 엉거주춤 서서 연신 "그래, 그래." 하는 친구의 손에 환자는 외국에서 유학 중인 딸을 한국으로 빨리 불러달라며 주소를 쥐여주었다.

미국, 일본 등 간암 치료로 유명한 병원 이름을 대면

서, 자신을 도와준다면 나중에 다 나아서 보답하겠다고 신신당부했다. 친구는 알아보겠다고 얼버무리면서 급히 자리를 떠났다. 환자는 돌아보지 않고 떠나가는 친구의 등을 향해 힘없이 손을 흔들었다.

그날 이후 환자는 친구의 소식을 기다리기 시작했다. 한참 지난 뒤 친구에게서 연락이 왔다. 환자가 말한 병원에서는 간암 말기 환자를 받지 않는다고 전해달라고 했다. 그리고 딸의 연락처를 알아낼 수가 없다고도 했다. 기다림에 지친 환자가 점점 더 죽음에 가까워지고 있을 무렵이었다. 이 말을 전하면 환자가 얼마나 큰 실망감을 느낄까 싶으니 긴장이 되었다.

눈을 감고 있는 환자에게 살며시 다가가서 곁에 앉아 아무 말 없이 있었다. 그가 눈을 감은 채 내 손을 더듬어 잡았다.

"말씀해주세요."

나는 친구에게서 온 전화 내용을 간략하게 전했다. 선생님 상태가 너무 힘들고 병이 깊어서 외국 병원에서도 어쩔 수가 없다고 연락이 왔다는 이야기를 시작으로, 지금 상태와 앞으로 병이 어떻게 진행될 것 같다는 내 의견까지 조심스럽게 전했다.

눈을 감은 채 듣고 있던 환자가 벌떡 일어나 다급히 어머니를 찾더니 딸아이 이름을 부르며 허둥댔다.

"빨리 찾아봐, 어서!"

그러는 동안 나는 곁에서 그의 행동을 말없이 바라보았다. 어머니는 "내 죄여, 내 죄!" 하며 문밖으로 나갔고, 나는 환자를 등 뒤에서 두 팔로 가볍게 끌어안았다. 환자의 눈물이 내 팔뚝에 뚝뚝 떨어졌다.

"스님, 우리 애 엄마하고 애 좀 찾아주세요."

그러면서 당신의 지나온 삶 이야기를 들려주었다. 환자가 병들기 몇 해 전에 부인은 외동딸을 데리고 외국으로 유학을 떠났다고 했다. 환자는 매달 부인과 딸에게 생활비와 학비를 보냈다. 가족과 떨어져 혼자 지내면서 느끼는 외로움 때문에 술을 자주 마시고 담배도 많이 피우기 시작했고, 과도한 스트레스가 쌓여 3년 전 간암에 걸렸다고 했다.

매년 두 차례씩 방학 때마다 들어오던 아내와 아이는 남편이 병들고 아빠가 병든 것을 알고부터 방학이 되어도 서울에 오지 않았다고 했다. 아내가 2년 전에 이혼을 요구하자, 자존심이 상해 이혼에 동의했단다. 환자는 허탈한 표정으로 두 손에 얼굴을 묻었다.

환자의 누이들이 마지막으로 딸이라도 보고 갈 수 있

도록 백방으로 수소문했지만 허사였다.

환자는 점점 환각 상태가 심해지기 시작했다. 유학을 보내기 전에 살던 집에 딸아이가 있다며 당장 택시를 타고 가자고 성화를 부리기도 했다. 어머니는 마당에 나와서 가슴을 쳤다. 자식이 얼마나 보고 싶으면 저렇게 정신을 잃을 수가 있냐며⋯⋯

환자는 간간이 깊은 잠에 빠졌고, 꿈속에서 아내와 아이를 만나는 것 같았다. 잠에서 깨면 꿈에서 본 일을 현실처럼 말하곤 했다. 점점 현실감을 상실해가던 환자는 눈을 뜨고도 자식의 모습을 보는 것 같았다. 맑은 정신이 돌아올 때는 어제 아이랑 함께 어디에서 무엇을 했다며, 집으로 가자고 졸랐다. 환자는 가족과 함께 행복하게 살던 그 집만 떠올렸다. 현실은 잊은 채 행복했던 기억만 떠올리고 있었다.

환자는 입원 뒤 자신을 돌보는 봉사자들의 선의에 조금도 마음을 열지 못했다.

"저 사람들은 왜 저렇게 나에게 잘하는 거야. 우리 학부형들도 아니고 말이야. 뭐야? 저 사람들."

이런 환자의 하루하루는 고단했다. 살아야 한다는 절박함에 묶여 죽음을 제대로 준비하거나, 생각을 정리할 시간조차 가질 수 없었다. 살아온 삶을 성찰하는 여유를 갖도록 돕는 데 한계를 느꼈다. 환자에게 도움이 되지 못해 마음이 아팠다.

떠나기 하루 전, 나무아미타불 노래를 불러주었다. 한참 듣고 있던 환자가 인상을 찡그린 채 눈을 뜨면서 큰소리로 말했다.

"스님, 나 아직 안 죽었어요. 그 염불은 사람이 죽을 때 하는 거잖아요. 관세음보살 염불해서 나 좀 살려봐요. 나무아미타불은 사람이 죽었을 때 하는 염불이라던데……"

나무아미타불 말고 관세음보살님을 불러서 자기 좀 한 번만 살려달라고 했다. 환자는 점점 정신이 혼미해졌다. 손을 공중에서 가로저으며 아이의 이름을 부르다가, 엄마를 찾다가 다시 깊은 잠에 빠지곤 했다. 뛰어난 두뇌 덕분에 태어나서 공부 말고 별다른 경험을 하지 않은 것 같은 그분의 마지막 삶은 너무 외로워 보였다.

산벚꽃 잎이 허공에 흩어지던 날 오후, 자식과 아내를 찾던 '선생님'은 들어간 숨을 다시 내뱉지 못했다. 두 눈을 감지 못한 채로…… 나는 환자의 이야기를 가만히 들어주고 곁에 있어 주는 것으로 함께했을 뿐, 더 이상 무엇을 어떻게 해줄 수가 없어서 허탈했다.

그가 눈을 감지 못하고 떠난 것을 생각하면 아직도 마

음이 아린다. 기러기 아빠의 비애를 보는 것 같았다. 어머니를 두고 떠나는 마음은 또 어떠했을까. 감을 수 없는 커다란 눈동자 속엔 무엇이 남아 있었을까. 아내와 아이를 외국에 보내지 않았다면 술과 담배를 덜 했을까……

부부 되고, 부모 되고, 자식 되는 인연의 고리를 생각하게 된다. 공부도 돈도 다 행복을 위해서 추구하는 것인데…… 우리는 무엇 때문에 행복하지 못할까.

인연과보

죽음 앞에 당당하려면 자신의 삶 앞에 당당해야 한다.

어떤 이유로 죽느냐가 중요한 것이 아니라,

어떻게 죽느냐가 더욱 중요함을 알아야 한다.

똑같은 병에 걸려도 삶의 질적 내용에 따라

투병의 조건과, 삶과 죽음의 질이 달라지며,

죽음의 여정 또한 달라지는 것은 말할 나위도 없다.

'원인 없는 결과는 없다'란 인과법을 되새길 때가 많다.

아름답고 평화로운 죽음에 결코 승속의 차별은 없는 법.

누구나 선업의 인因을 지으면 선업의 연緣을 만나서

내가 지은 인연의 선한 과보를 받게 되는 것이 만고의

진리이다.

다이아몬드 반지가 담긴 보따리

군인의 아내로 그리고 아들 셋과 딸 하나를 박사로 키운 긍지로 살다가 예순하나에 자궁경부암으로 돌아가신 보살님이 있었다. 아들, 사위, 딸, 며느리 할 것 없이 그 집안에는 유난히 박사가 많았다. 어느 날 보살님은 혼자 종합검진을 받으러 병원에 갔다가 암을 선고받았고, 이 소식을 전하며 얼굴이 노랗게 사색이 되어 안절부절못했다. 지금도 보살님의 그 모습이 눈에 선하다.

자식들에게 말을 하려 전화했지만 모두 이유가 있었다. 바쁘다고 다음 주에 이야기 듣겠노라는 자식, 친구가 그 병원에 있으니 알아보겠다며 집에 내려가 기다리라고 하는 자식, 해외 출장 중이라고 못 온다는 자식 등. 단한 사람도 "엄마!" 하면서 달려오는 놈이 없다며 보살님은 내게 찾아와 눈물을 보였다.

"스님! 자식은 왜 낳아서 키우지요?"

당황해하던 보살님의 모습이 지금도 내 마음에 아픔으로 남아 있다. 무뚝뚝한 경상도 남편은 아내가 암에 걸려 죽게 되었다고 해도 묵묵부답일 뿐, 아무 반응이 없었다. 남편은 취미가 골프였는데 아내가 아파도 그분은 골프채를 메고 날마다 골프장으로 출근했다. 아내가 아프고부터는 더욱더 자주 밖으로 나갔다. 아마도 그게 경상도 아저씨 특유의 고통 분담의 표현이었을 것이다.

보살님은 서울에 있는 한 대학병원에서 항암 치료를 받기로 했다. 지독한 항암제 때문에 머리카락은 다 빠지고 구토와 전신 무력증에 시달리며 투병을 이어갔다. 평소에 대비주를 염송하던 보살님은 자궁경부암 말기라는 선고를 받고 난 뒤부터 내 권유로 정토염불을 시작했다.

자식들 뒷바라지에 남보다 유별났던 보살님. 보살님은 평소 절에 갈 때, 단 한 번도 법복 바지를 입지 않았고, 홈드레스에 화려한 치장을 하고 갔다. 홈드레스가 노란색이면 보석도 노란색으로, 홈드레스가 파란색이면 보석도 파란색으로 색깔을 맞췄다.

내가 언젠가 절에 갈 때 법복 바지를 입고 가시라 했더니, 보살님은 "스님, 법복을 어떻게 아무나 입어요. 저는 법복 바지 입을 자격이 없습니다." 하며 일언지하에 거절했다. 한번은 "군인의 아내가 어째 그리 보석이 많으세요?" 물었더니, "자식들 시집·장가 보낼 때 주려고 장교 마누라들끼리 계를 했어요"라고 했다.

참 수단도 좋고 성격도 좋은 분이었다. 지혜도 있고 재치도 있어서 무슨 일이든 열정적으로 하고 극성스러울 만큼 열심히 살았다. 박사 아들들이 장가갈 때마다 박사 며느리들에게 콩알보다 더 큰 다이아몬드를 선물해주었다고 한다. 보살님은 남편과 자식들에게 언제나 도깨비방망이 같은 존재였다. 남편과 자식들에게 늘 씩씩하고 말만 하면 뭐든 해줄 수 있는 아내이자 어머니였다. 부유한 집 외동딸로 고생도 모르고 살다가 군인 남편 만나 넉넉하지 않은 형편에 자식들을 모두 박사로 만들었으니 그 마음고생이 얼마나 심했을까.

"그저 돈 찍는 기계지. 지가 뭐 사람입니꺼! 만약 제가 돈이라면 살 하나 안 남아 있을 겁니다."

가끔 보살님은 그렇게 말하며 푸념 섞인 한숨을 내쉬었다. 군인 월급으로 자식들 모두 일류 대학에 보내고 시집·장가 보내느라 한 생애를 아낌없이 다 불태웠으리라.

암 선고 이후 보살님은 병든 육신의 기능이 점차 상실
되고 있음을 느꼈다. 병원에서 투병생활을 하는 동안 보
살님 옆에는 간병인만 있었다. 자식들은 늘 바쁘기만 해
서 네 가족이 돌아가면서 일주일에 한 번씩 면회를 왔다.

"스님! 내가 잘못 살았어예. 자식 그거 아무것도 아입
니더. 나쁜 놈들!"

내가 갈 때마다 보살님은 나를 붙잡고 푸념을 했다.
자식들에 대한 배신감으로 고통은 더욱 깊어졌지만, 어
느 누구도 알아주는 이가 없었다. 1차 항암 치료에 이어
2차, 3차…… 몸과 마음은 점점 기운을 잃었다. 그나마 고
마운 간병인이 곁에 있어 그에게 정을 주었고, 보살님이
간병비 말고도 별도로 간병인의 어려운 사정을 살펴준
모양이었다. 셋째 며느리가 어떻게 그 사실을 알았는지
세 명의 며느리와 딸이 찾아와 난리가 났었다고 한다.

보살님은 또 내게 하소연했다.

"스님, 시상에 평상시 그 고고하던 우리 박사 며느님
체면은 온데간데없더라고요. 나는 박사가 되면 물질에
관심이 없어지는 줄 알았더니…… 참 옛말이 맞아요. 무
자식 상팔자가 차라리 좋을 것 같습니다."

며느리들보다 더 큰 다이아몬드 반지를 늘 중지에 끼
고 있던 보살님은 4차 항암 치료를 포기하고 먹는 항암

제를 처방받아 집으로 돌아왔다. 병원에서 도움을 주던 간병인과 헤어져 돌아오는 퇴원 길은 혼자였다.

아들과 며느리들은 조를 짜서 일주일에 한 차례씩 돌아가며 음식을 해왔다. 커다란 냉장고는 사골 국물부터 다양한 죽까지 가득가득 채워졌다.

"아버님! 어머님 식사 꼭 좀 챙겨드리세요."

평소 아내 밥상을 차려줄 것이라고는 생각조차 못 했던 남편에게 아내 식사 챙기기가 그리 쉬운 일은 아니었을 것이다.

"식탁에 차려 놓았으니 먹어!"

그러고서 밖으로 나간 남편은 아예 저녁 식사까지 다 하고 들어와 곧바로 건넛방으로 가 자겠다고 했다. 보살님은 메스꺼운 속 때문에 물 한 모금 넘길 수가 없어서 매일 굶다가 누군가 죽이라도 만들어 와서 먹어보라고 성화를 부려야만 억지로라도 한술 뜨곤 했다.

이 상황이 너무 화가 나서 셋째 며느리에게 간병인을 두든지, 파출부를 두든지 좀 하라고 했다. 그러자 "저희가 이렇게 바쁜데도 불구하고 잘하고 있잖아요"라는 답이 돌아왔다. 더 이상 할 말이 없었다.

어느 날 오후에 녹두죽을 쑤어 들고 갔더니 보살님이

일어나 앉아서 머리맡에 놓인 보석함과 통장 등을 모두 꺼내 놓고 하나하나 분류해 보자기에 싸고 있었다.

"웬 통장이 이리 많소?"

"이거 다 옛날에 내가 계주할 때 만들었던 통장인데 이제 아무것도 없어요. 스님! 자식새끼들 공부시키고 나니 남편 연금밖에 남은 게 없네요."

그렇게 말하며 보석함 열쇠를 돌리는데, 보살님 손가락에 낀 반지가 눈에 띄었다.

"보살님, 그 다이아몬드 반지는 누굴 주려고 여태 끼고 계세요? 다음에 제가 법당을 지으면 아미타불을 조성할 계획인데 그때 부처님 백호白毫 장엄이나 하시지요."

이 말에 뒤이은 보살님의 말씀에 깜짝 놀라고 말았다.

"스님은…… 군인 마누라가 무슨 능력으로 이리 큰 다이아몬드 반지를 낄 수 있겠소. 이거 다 가짜예요. 가짜."

밖에 있는 며느리가 들을까 봐 눈치를 보며 아주 작은 소리로 말했다.

"며느리들 셋에게 다이아몬드 반지 해주느라 제가 계를 10년 동안이나 부었지요. 나는 정말 자식들 잘못 키웠습니다. 이 가짜 반지나 저 새끼들이나 똑같아요. 그렇지요, 스님? 자식이 박사가 되면 나도 박사가 되는 줄 알았고, 자식 잘 키우면 나도 호강하는 줄만 알았던 내 자신이 참말로 한심합니다. 오늘 뭐 남은 것이 있나 싶어서 마음먹고 뒤져보아도 돈 될 게 하나도 없네요. 스님! 보따리에 다 싸 놓을 테니 화장할 때 타버리게 관에 넣어주이소. 금팔찌 열 돈하고 반지 세 돈은 부처님 조성할 때 복장伏藏에 넣어주시고요."

평소 자식들에게 아낌없이 쓰고 며느리들에게도 아주 후한 시어머니였다. 잘못이 있다면 공부 많이 시킨 죄밖에 없다는 보살님의 하소연에 마음이 아팠다. 보살님은 당신 삶의 보따리를 하나씩 정리하면서 눈물을 훔쳤다.

"옛말에 '못난 돌이 산을 지키고 못난 자식이 효자'라 하더니, 하나도 틀린 게 없네요. 이기적이고 계산적인 자식들을 보면 나는 말짱 헛살았는기라요. 스님! 나 빨리 죽고 싶어요. 너무 초라하고 비참해 더는 못 견디겠어요. 극락에는 갈 수 있을까요? 지 새끼밖에 모르고 살아온 이 무지한 중생을 부처님이 받아주실까요?"

보살님 마음에는 후회와 두려움이 교차하고 있었다.

"오직 일념으로 아미타불을 염송하세요. 아무 걱정하지 마시고……"

내가 일어서려 하자 보살님이 내 옷자락을 붙들고 매달렸다.

"자고 가이소, 스님. 혼자는 너무 싫습니데이. 하룻밤만 자고 가이소, 스님!"

이렇게 자고 가길 간청했지만, 보살님은 기운이 없어서 밤새 내 손만 만지작거리며 그 많은 사연을 다 토해내지 못했다. 화려함 속에 감추어진, 말로도 다 할 수 없다던 보살님 삶의 흔적들…… 보살님은 내가 돌아가고 나면 온종일 빈집에 홀로 누워 무슨 생각을 할까? 자식 생각?

며칠 뒤 전화가 왔다.

"목이 말라죽겠십니더. 스님, 어디 계세요?"

한달음에 달려가서 보니 텅 빈 집에 죽어가는 환자 한 사람뿐, 아무도 없고 머리맡에 물병 하나와 컵이 놓여 있었다.

"스님! 컵이 무거워…… 들 수가 없어서……"

"보살님! 그러지 말고 우리 병원으로 갑시다."

"다 틀렸는데 병원에 가면 무슨 소용 있어요. 그냥 내 집에서 죽어야지."

보살님은 끝내 당신 집을 고집했다. 자궁경부암이라 냄새가 심하게 났지만 목욕 한번 제대로 못 해보고, 물 한 모금을 떠줄 손이 그리웠던 것이다. 남편은 체면상 당신이 하겠다고 했지만 너무 엉터리였다.

"간병인 좀 두세요, 거사님!"

"집사람이 저렇게 펄쩍 뛰잖아요."

보살님은 손을 흔들어 보이며 다 필요 없다고 했다. 어쩌면 자기 출세를 위해 질주하는 자식들에 대한 분노를 그렇게 표현했을까?

"다 소용없는기라. 자식이나, 남편이나!"

그래도 사회 지도층의 지식인들인데…… 아내와 어머니가 죽어가는 모습을 바라보는 가슴들이 너무 싸늘했다. 경쟁사회에서 살아남기 위해 몸부림치느라 감정이 다 메말라버린 것인지. 복수가 차오르고 몸은 까맣게 말라가고 있었지만, 어느 자식 하나 휴가라도 내서 어머니 곁을 지키는 이가 없었다. 남편은 거실에서 다리를 포개고 앉아 담배만 피웠다.

"스님! 다 내가 복이 없어서 그래요, 복이 없어서…… 내가 너무너무 잘못 키웠습니다."

보살님은 반지를 건네며 빨간 보따리 속에 넣어달라고 했다. 조그만 보따리 두 개에 당신이 평생 살아온 흔적을 담아 묶었다. 그리고 자신의 육신과 함께 그 흔적들을 태워달라고 했다.

복수로 인해 배는 계속 불러오고 혓바닥은 가뭄 든 논바닥처럼 갈라졌다. 항암제 후유증은 극진한 간호가 없으면 음식을 먹을 수 없어서 영양실조로 죽음을 맞는 예를 종종 볼 수 있다. 아마 항암 치료를 경험한 사람은 공감할 것이다. 그런데 보살님은 입을 꽉 다물고 물 한 모금도 허락하지 않았다. 매정한 당신의 자식들에게……

냉장고 안에 있던 오래된 음식을 쓰레기통에 버렸다. 보살님 머리맡에 놓인 카세트에서는 나무아미타불 염불만 하루종일 흘러나왔다. 한가위 달이 남쪽 산허리에 휘영청 밝던 열나흗날, 명절 연휴라 자식들이 모두 모였다. 며느리들은 주방에, 아들들과 아버지는 거실에 그리고 딸만 엄마 손을 잡고 말했다.

"엄마! 어떻게 해? 나. 엄마가 이렇게 많이 아픈 줄도 모르고…… 오빠들이 그만그만하다고 해서 추석 연휴만 기다렸지."

보살님은 눈을 뜨지 않았다. 복수 때문에 숨이 턱까지 차올라서 딸에게 간신히 몇마디했다.

"내가 죽으면 묻지 말고 화장해라. 문갑 속에 있는 보따리는 아무도 펴보지 말고 함께 태워라. 바쁜데 사십구재도 지내지 말고 절 가까이에 뼈만 뿌려라. 나는 잘못 살았지만 애들 잘 키우고 잘 살아라. 아버지에게 잘하고……"

셋째 며느리가 물었다.

"스님, 어머니 반지는요?"

"응, 그거 어머니가 저 문갑 속 보따리에 넣어두었지. 당신이 가지고 가신다던데."

명절을 앞둔 보름달 밝은 밤에 보살님은 정토를 향해 떠났다. 분하고 억울한 마음을 묵언으로 삭이고 정토발원淨土發源을 이루었다. 사대四大가 무너지는 소리에도 진통이 심하지 않았다. 그날 밤 나는 수세水洗를 거둔 뒤 깨끗한 이불을 목까지 덮고 문갑에 묶어놓은 작은 보따리 두 개를 보살님 가슴에 올려놓았다. 보따리 속에는 빈 통장, 보석 같지 않은 보석, 전화번호 수첩, 염주, 다라니 등이 들어 있었는데 입관할 때 함께 넣어드리려고 했다.

그리고 병풍을 쳤다. 다음 날 오전에 염사殮士들이 집으로 와, 관이 방으로 들어오고 병풍을 열고 이불을 걷는 순간, 가족 중 누군가가 말했다.

"어! 어디 갔어? 보따리. 보따리가 없어졌다."

자식들의 눈이 재빨리 보따리를 찾았다. 갑자기 상주들 모두 도둑놈이 되어버렸다. 애도의 슬픔은 간 데 없고 무성한 소문만 초상집에 난무했다. 침묵이 흐르는 살벌한 느낌…… 내가 알고 있기로, 그 보따리는 빈 껍데기일 뿐 알맹이는 남편과 자식들에게 예전에 이미 다 나누어주고 없었다. 죽고 난 뒤에라도 빈손뿐인 초라한 당신의 모습과 그 텅 빈 껍데기를 자식들에게 보이고 싶지 않아 꽁꽁 묶어 가지고 가시려 한 것 같은데……

그런데 그 보따리가 없어졌다. 가족들은 서로를 의심하는 눈치였고, 초상이 끝난 다음에 보자고 하는 큰아들의 목소리가 무섭게 들렸다. 상주들은 표정을 잃고 모두 생각에 잠긴 듯했다. 그 정신에 초상을 어떻게 치렀을까. 아무튼 3일이 어찌어찌 흘러갔다.

화장한 보살님의 유골을 절 근처에 뿌리고, 저녁에 가족들이 모여 앉았다. 분위기가 참 무겁고 무서웠다. 일어나서 돌아가려고 하는데, 남편분이 내 손을 잡아 앉혔다. 그리고 일어나 당신 방으로 들어가더니 보따리 두 개를 안고 나왔다.

"네 엄마 것이믄 내 것도 될 수 있제."

너무 기가 막혀서 모두 멍하니 아버지를 바라보고만 있었다. 그때 딸이 볼멘소리로 말했다.

"아버지가 엄마한테 뭐 잘한 게 있어요!"

그러자 아버지는 자식들을 바라보며 말했다.

"느그 엄마, 느그들 공부시키느라 뼛골 빠지게 고생했는데, 느그들은 엄마 아플 때 뭐 했노? 이놈의 새끼들. 이건 내가 보관한다."

결국 그놈의 다이아몬드 사건은 그렇게 끝났다. 이후

거사님은 재혼에 관심을 가졌지만, 자식들의 반대로 꿈을 이루지 못한 채 홀로 지냈다. 얼마 뒤 거사님이 내게 전화를 걸어왔기에 웃으며 물었다.

"거사님, 보물 어디 감췄어요?"

"허허허, 그 양반…… 스님은 다 알고 있었지요? 미안해서 그것이라도 안고 살라고요."

아! 이것이 경상도 사나이의 의리인가. 그 다이아몬드는 진실을 숨긴 채 거사님 품 안에 있었다.

할아버지의 용서

할아버지는 폐암 말기였다. 한국전쟁 때 전장에 나가 수많은 사람을 죽였다고 괴로워하던 할아버지. 할아버지는 정토마을에 와서 마지막 여정을 준비하게 되었다.

전쟁이 끝난 뒤 제대해 결혼도 하고 자식도 낳고 살았지만(아내와는 일찍 사별했고, 딸 셋과 아들 둘이 있다고 했다), 사람을 죽였다는 죄책감이 평생 그를 따라다녔다. 그 죄책감에 짓눌려 그는 술과 폭력으로 얼룩진 삶을 살았다. 전쟁 때 얻은 병 때문에 육체적으로 힘든 일은 할 수가 없었고, 그 바람에 가족들의 고생이 이루 말할 수 없었다.

몸의 병이나 가족의 고생보다 더한 것이 있었으니, 바

로 할아버지 마음에 난 상처였다. 눈만 감으면 전쟁터에서 죽어가던 사람들의 모습이 보였다. 그 모습을 잊고 싶어서 날마다 술에 의지했다. 술을 먹으면 화가 나서 가족을 비롯한 주변 사람들에게 폭력을 일삼았다. 폐암의 특성상 호흡곤란이 잦았는데, 그때마다 할아버지는 사람을 많이 죽여 죄가 많으니 지옥에 떨어지면 어쩌나, 하는 두려움에 떨었다.

임종 닷새 전, 할아버지는 아침 햇살을 받으며 잠시나마 편히 잠이 든 것 같았다. 그러더니 이내 고함을 질렀다. 그 소리에 깜짝 놀라 병실로 들어갔다. 그는 땀에 흠뻑 젖은 채 나를 보더니 두 팔을 허우적거리며 얼른 자신을 일으켜 세워달라고 몸짓했다.

"꿈을 꾸셨나 봐요."

할아버지는 고개를 끄덕이며 호흡을 깊이 가다듬었다.

"전쟁이 났어, 전쟁. 사람들이 내게 기관총을 막 쏘는 거야. '다다다다다' 하고. 나는 죽어라 도망을 치는데 사람들이 얼마나 빠른지…… 온몸에 총을 맞고 소리를 지르다가 깼네."

"많이 무서우셨겠어요."

"자업자득이지. 내가 많이 죽였잖아. 전쟁이 내 인생

을 망쳤어, 망쳤다고."

두려움과 절망이 깃든 그의 눈을 들여다보자 내 눈에서 또다시 대책 없는 눈물이 샘솟았다. 너무 무서워서 잠들 수 없노라고 말하는 할아버지의 몸을 이불로 포근히 감싸안고 조용히 다독였다.

할아버지가 사람을 죽인 게 아니라 전쟁이 사람을 죽인 거라고, 오히려 할아버지는 전쟁의 피해자였다고, 죽어간 분들에게 오랫동안 죄스러운 마음으로 살아오면서 그들을 애도했으니 이제 그만 자신을 용서하라고.

"아무리 전쟁통이었다고 하지만, 제아무리 적군이라지만 사람을 많이 죽였잖아. 어린애들도 총을 들고 나와서 전쟁에 참여했어. (고개를 흔들며) 많이 죽였지……"

한참 전쟁 때 이야기를 하던 할아버지는 이불을 걷더니 왼쪽 허벅지를 보여주었다.

"총 맞은 자리야. 평생 아무것도 못 하고 살았어. 자식들 공부도 제대로 못 가르치고 나라에서 나오는 돈으로 겨우겨우 먹고살았어……"

순간순간 숨이 차올라 표정이 일그러지며 할아버지는 채 말을 잇지 못했다.

전쟁은 오랜 시간 할아버지 곁에 머물며 그 마음을 갈기갈기 찢어놓았다. 이제는 됐겠지, 싶어 돌아보면 화마처럼 당신을 덮쳤던 죽어간 이들의 그림자. 한 줄기 빛조차 스며들 틈이 없었던 암흑 같은 그 아픔이 지금의 고통에 더해져 할아버지를 더욱 힘들게 했다.

"많이 힘들고 고단한 삶을 사셨네요. 할아버지께서 그 자리에 계셨기에 지금의 우리나라가 있는 것 아닐까요."

임종 전날에는 저녁나절부터 할아버지의 의식이 흐려지고 행동 장애가 나타났다. 간성혼수가 온 것이다.

"할아버지!"

귓가에 대고 불렀지만, 할아버지는 "음, 음." 하는 신음소리를 내며, 내 말을 알아들었다는 듯 손을 내저을 뿐이었다. 그 뒤로도 할아버지는 수시로 소리를 지르며 벌떡일어났다가 다시 침대에 쓰러져 눕곤 했다. 정신이 혼미해 표현은 못 하지만 아마도 내면에서 전쟁이 일어난 듯했다. 수시로 소리를 지르고 두 팔을 내저으며 힘들어하는 모습을 보니, 당신이 꾸는 꿈들이 내 눈앞에 영화 장면처럼 펼쳐지는 듯했다.

혹시라도 자다가 놀라서 벌떡 일어날까 봐 곁에서 할아버지를 내내 살폈다. 숨소리가 거칠어지고 혈압이 오르고 맥박도 상승했다. 이생과 이별할 시간이 얼마 남지 않은 듯 보였다. 나는 서둘러 부처님께 기도드렸다.

"임종 중에 부디 거친 업력 때문에 환자가 고통스럽고 두려운 지옥을 경험하지 않도록 부처님께서 보살펴주소서."

기도 덕분일까, 할아버지는 20여 분간 평온한 잠으로 빠져들었다. 하지만 그것도 잠시, 갑자기 "으악!" 절규하며 벌떡 일어났다. 나까지 놀라고 두려워질 만큼, 말 그대로 '사투'였다.

"할아버지, 저 여기 있어요."

할아버지의 어깨를 끌어안으며 진정시켰다.

"그놈들이 왔어. 내 목을 비틀어."

두려움 때문인지 할아버지의 목소리가 떨렸다. 지푸라기라도 잡는 심정으로 내 목을 두 손으로 움켜쥐고 마구 비틀어댔다. 생을 향한 간절한 몸짓이었다. 간신히 할아버지의 손아귀에서 목을 빼고, 나는 가볍고 따스한 이불을 가져와 할아버지를 꼭 감싸안고 얼굴의 땀을 닦아드렸다. 그러곤 향을 피우고 진언을 외웠다. 할아버지의 기억 속 영상들이 임종을 방해하지 못하도록 계속해서 진언과 임종기도를 드렸다. 할아버지의 내면과 영적 세계를 정화하는 기도의식이었다. 내가 당신 곁에 있음을 할아버지는 알고 있었다.

조금 평온해진 듯하던 할아버지는 간헐적으로 몸부림

을 치다가 오후 1시부터 고요해지더니 오후 4시경 임종을 맞았다. 할아버지가 부디 생의 끝자락에서 자기 자신을 용서하고 떠났기를……

용서는 아름다운 선물이다. 죽음을 맞기 전에 자기 자신을 용서하는 일은 무척 중요하다. 이렇게 살아온, 이렇게 죽어가는, 그 많은 사연과 인연들을 두고 맥없이 죽어갈 수밖에 없는 자기 자신을 온전히 용서할 수 있어야 한다.

죽음 앞에서 하는 용서야말로 진정한 자기수용의 과정이다. 어쩌면 있는 그대로의 자신과 처음으로 대면하는 순간이며, 그런 자신을 꼭 안아주는 처음이자 마지막 기회일 수도 있다. 수용과 용서가 있는 죽음은 평온하고 아름답다.

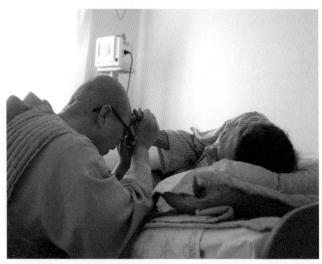

잿빛이 재로 흩날리는 날

어느 날, 지리산 골짜기 토굴에 사는 스님에게서 전화가 왔다.

"늙은 산승인디, 정토마을 스님 맞는기요?"

"네, 그렇습니다."

"내가 시님을 좀 만나야 허겠는디, 언제 시간 있으면…… 지리산에 올 일 없소?"

"무슨 일이신지요? 제가 바로 찾아뵙겠습니다."

"그라믄 고맙제요."

물어물어 토굴인지 움막인지 알 수 없는 그곳을 찾았다. 토굴에 들어가자 예순 정도 되어 보이는 스님이 누워있었다. 주위를 둘러보았지만, 사람이 다녀간 흔적이라곤 찾을 수가 없었다.

무엇을 어떻게 먹고 살았는지 여기저기 먼지가 소복했다.

'아니, 이게 뭐람, 도대체!'

움푹 꺼진 눈 속에 스님의 눈빛은 초롱초롱했다. 늦은 봄이라 토굴 안은 습했고, 그래서 그런지 깔고 누운 이불에선 곰팡이냄새가 심하고, 짜면 물이 나올 것만 같았다.

"스님, 어디 아프세요?"

이렇게 아픈 지 두 해가 다 되어간다고 했다.

"왜 병원에는 안 가시고요?"

스님은 그저 멍하니 나를 바라보았다.

"누가……"라고 말끝을 흐리더니 이내 눈가가 붉어졌다.

"어떻게 제 전화번호를 아셨어요?"

"응, 내가 만날 라디오 불교방송을 듣제. 언제 들어보니 시님이 아픈 사람도 거두어주고 죽으면 송장도 치워주고 헌다고 해서 내가 나중에 쓸 일이 있을 것 같아서 방송국에 전화해서 알아 놨제."

"그랬군요, 스님! 제가 도울 일이……"

스님은 몸을 간신히 일으켜 앉더니 베고 있던 베개를 끌어안고 지퍼를 열었다. 이불 밑에 손을 넣으니 얼마나 오랫동안 깔고 누웠는지 이불이 바닥에 붙어서 떨어지질 않았다. 스님은 베개 속에서 곰팡이가 검게 슨 만 원짜리 3백 장을 꺼내 내게 건넸다.

"병원 짓는다고 했제? 나 이거 평생 살고 남은 건디, 적지만 시님에게 줄라고. 얼마 못 살 것 같아서……"

그 순간, 미칠 것처럼 고통스럽고 슬펐다.

"내 이 육신 덩어리 죽고 난 뒤 누가 와서 보고 돈 한 푼 없이 죽었다고 욕할까 봐 그동안 안 쓰고 모았제. 가져가시게. 그리고 뱅원은 꼭 지어야 허네. 꼭!"

스님은 내 손을 잡고 날 똑바로 쳐다보았다.

"부탁이 있어. 가끔 전화나 주오. 안 받으면 나 죽은 줄 알고…… 뱅든께 외로워. 사람이 그립대……"

"스님, 병원으로 같이 가주세요." 하고 간곡히 부탁했지만, 스님은 그저 고개만 흔들었다.

"뱅원 의사가 다 틀렸다고 절에 가서 잘 묵고 쉬라고 하대. 폐암인가 뭔가 그거래. 오래 살았지, 뭐. 여한은 없어. 이 도둑놈! 평생 부처님 복으로 밥이나 공짜로 얻어 묵고 공부한다고 젊었을 때는 선방에만 있다 보니……"

"스님! 본사가 어디세요?"

"다 소용없는 일일세. 내가 복을 짓지 못해 요렇제."

"상좌는요?"

"몇 번 보이더만 못 본 지가 꽤 되제."

"정토마을로 갑시다, 스님."

"내가 무슨 염치로. 나 고마 여기서 죽을라고……"

스님은 기침을 심하게 했지만 정신은 맑았다. 폐암은 유독 기침과 호흡곤란이 심한 것이 특징이다.

"가세요. 제가 모시고 살게요, 네? 스님! 멀어서 제가 자주 못 온단 말이에요. 스님을 이렇게 두고 제가 어떻게 가요."

간곡히 애원했지만 아무 소용이 없었다. 스님은 그저 고개만 흔들었다.

"이거나 챙기소."

"스님, 저 이 돈으로 병원 못 짓겠습니다. 스님이 다 쓰시고 가셔야 해요. 저는 못 해요."

흐르는 눈물을 스님에게 보이지 않으려고 자리에서 일어나, 방을 돌아보며 이것저것 살펴보았다. 한평생 선객이었던 스님은 결제 기념사진과 좋은 시절 찍었던 사진들을 가지고 있었다. 나는 그곳에서 나중에 영정 사진으로 쓸 만한 것을 하나 골라 챙겼다.

"뭐하려고?"

"두고 보려고요, 스님."

스님과 나는 타협을 봐야 했다. 더 많이 아프면 내 곁으로 오기로. 그리고 돈은 스님 떠나고 나면 내가 알아서 쓰기로. 대책이 안 서는 상황에서는 스님을 가장 위하는 일이 무엇일까, 신중한 판단이 필요했다.

구례 시내로 다시 나와서 시장을 봤다. 이불을 새로 사고 먹을 음식과 휴지, 보리차, 약, 시계, 건전지, 수건, 전기팩, 찜질기 등을 사 왔다. 스님과 나는 수십 년 알고 지낸 사이처럼 금세 친해졌다. 목욕을 시켜드리고 면도, 삭발을 해드리니 허리가 안 펴지려고 했다.

그날 깊은 산중 병든 육신 속에 묻힌 진리의 보석을 만났다. 스님에게서 순수와 고결함을 느낄 수 있어 행복했다. 이건 나만 느낄 수 있는 행복이었다.

그날 이후 산골 토굴에 몇 번 더 다녀왔고, 스님에게 매일 전화를 했다.

"나 안 죽었고마. 바쁜디 뭐하러……"

한결같은 말씀이었다. 스님은 34일 만에 홀로 세상을 떠났다. 전화를 받지 않아 달려갔더니, 반듯이 누운 채 이승을 떠나 시신이 싸늘하게 식어 있었다. 지난밤 저녁 나절에 통화했는데, 밤사이 만 원짜리 3백 장을 한지에 곱게 말아 머리맡에 놓아두고 그렇게 떠났다.

119구급차를 불러 스님을 청주 장례식장에 모시고 가

서 3일장을 치렀다. 텅 빈 영정 앞에서 나는 사흘을 아무 생각 없이 그냥 앉아 있었다. 그리고 스님의 흔적을 다 태웠다.

뼛가루는 생전에 공부하던 산천 솔밭 아래 뿌리고, 바위에 앉아 뭉실뭉실 떠가는 구름을 바라보았다. 스님의 죽음을 통해 나는 무엇을 깨달아야 하는가?

이런 고민 끝에 갑자기 힘이 났다. 두려움이 사라지고 자신감이 생겼다.

"스님, 한번 해볼게요. 이 몸을 던져 반드시 병원을 지어보겠습니다. 도와주세요."

뜨거운 눈물이 하염없이 흘렀다. 이 글을 쓰고 있는 지금도 스님을 생각하면 죄송하고 가슴이 메어 눈물이 흐른다.

나는 스님께 돈 3백 장이 아니라 3만억 장을 받았다. 스님이 떠난 텅 빈 토굴은 더 치울 것이 없이 소박했다. 물질이 난무하고, 탐욕의 강물이 흘러넘치는 이 세상을 떠나 스님은 그렇게 아침 이슬이 되어 먼 먼 길을 떠났다.

가난한 사람들의 꿈

　50대 초반인 가장이 아픈 몸으로 정토마을을 찾아왔
다. 대장암, 척수암과 사투를 벌이며 지칠 대로 지친 그
는 많이 힘들어 보였다. 척수암 후유증으로 전신마비와
부종이 생겨 움직일 수 없게 된 몸은 장정도 들 수 없을
정도로 무거웠다. 삶을 향한 의지를 불태우며 시행한 수
술과 항암요법, 방사선요법 등 다양한 치료 흔적은 그를
점점 더 죽음으로 몰아넣었다.

　뱃속으로 관을 삽입해야만 소변을 볼 수 있었고, 풍
선 같은 배를 눌러 짜야만 대변을 볼 수 있었다. 그의 자
존심은 그렇게 무너졌다. 냉기와 열기 조절이 안 돼 땀을
뻘뻘 흘리다가도 추워서 이불을 몇 개씩 덮어야 하는 괴

로움은 또 어떻고…… 웬만한 진통 주사와 약으로도 조절할 수 없는 극심한 통증을 겪고 있었지만, 그는 그 누구보다도 삶에 대해 강한 집념을 보였다. 미칠 듯한 고통이라지만 죽음보다는 덜 두렵고 고통스러웠던 것일까.

그는 서울에 있는 대학병원에 가고 싶어 했다. 돈이 없어서 한 번도 가보지 못한 그곳은 그의 한이 되었다. 봄이 오면 걸어보겠다며 희망을 가졌지만, 정작 봄이 되자 여기저기 욕창이 생겼다. 욕창은 그에게 고통을 더했다.

두 남매와 아내가 있는 가정의 가장인 그는 성실하게 일하고 자식 키우며 작은 행복으로 만족했다. 그런데 질병은 그런 과거를 참작해주지 않았다. 종양은 폐로 전이되었고, 숨이 가빠왔다. 통증은 더욱 깊어졌고, 죽음은 시시각각 그와의 거리를 좁혔다. 그럴수록 고통은 배가 되었다.

그렇지만 그에게 가장 큰 고통은 가족이었다. 부모의 지원 없이 공부하면서도 대학에 턱 하니 붙은 딸아이와, 딸의 등록금을 마련하려고 낮에는 회사 식당, 밤에는 봉투 붙이기, 주말에는 결혼식 폐백닭을 만드느라 눈코 뜰 새 없는 아내의 존재가 무엇보다 그를 아프게 했다.

그래서 그는 엉엉 울었다. 살아남아 고단한 생을 이어갈 가족이 고마워서 울고, 불쌍해서 울고, 또 아파서 울었다.

어느 날 밤 11시, 그는 갑자기 숨을 몰아쉬며 고통스러워했다. 그를 대학병원 중환자실로 옮겨야겠다 싶었다. 좋은 병원 한 번 못 가본 것이 그의 한이 아니었던가…… 현대의학의 적극적인 치료가 목적은 아니었다. 그저 아무 미련 없이 이생을 떠날 수 있게 해주고 싶었다. 죽음을 수용하지 못하는 환자에게 며칠 동안만이라도 온전히 주인공이 되는 세상, 그리하여 평온한 죽음을 맞이할 수 있는 마음을 선물하고 싶었다. 하지만 그는 대학병원으로 가자는 내 요청을 거절했다.

물론 돈 때문이었다. 병원비가 없어서 안 될 뿐 아니라, 병원에 있으려면 간병인이 필요한데, 그러면 아내가 일을 할 수 없고 아이들 등록금을 벌 수 없다며 단호하게 거절했다. 한마디로 가망 없는 자신이 살날이 창창한 가족에게 고통을 줄 수 없다는 이유였다. 가슴 아픈 삶의 한 모습이기도 했다.

그래도 대학병원에 이틀만 다녀오자고 설득했다. 큰 병원에 한번 가보자고…… 원도 한도 없이 하고 가도록 해드리고 싶었던 마음이었다. 내 마음을 알았는지 마침내 환자는 서울에 있는 대학병원에 다녀오겠다며 활짝 웃었다. 다음 날 아침 그는 간호사와 함께 큰 병원으로 출발했다.

얼마 뒤 전화가 걸려왔다. 순간 온몸이 경직되었다. 예상대로 전화기 너머로 안타까운 소식이 전해졌다.

"환자가 조금 전에 병원에서 돌아가셨답니다."

순간 눈물이 핑 돌면서 가슴이 미어졌다. 아직 못다 나눈 이야기가 많은데…… 뺨을 타고 눈물이 흘러내렸다.

나에게 묻는다. '최선을 다했는가.' 숱하게 겪는 일이건만 유독 이번 죽음은 왜 이리 가슴이 아프고 눈물이 나는지. 곁에서 임종을 지켰어야 했는데, 한이나 풀고 가라고 대학병원으로 보내는 바람에 곁을 지키지 못한 것이 내내 마음에 걸렸다. 대학병원을 향해 차를 모는 동안 내 머릿속에선 오만 가지 생각과 생각이 부딪혔다.

영안실에 도착하니 넋을 잃고 앉아 있는 아이들과 아내가 눈에 들어왔다. 그들과 함께 간신히 3일장을 치렀다. 눈보라가 몰아치는 공원묘지가 그의 마지막 안식처였다. 남편을 살리기 위해 일하는 아내와, 아내를 위해서어서 빨리 죽어야 하는 남편이라니…… 끝까지 남은 가족을 생각했던 가장의 마음이 느껴져 가슴뼈 끝이 시려왔다. 허망하고 허망한 이 삶은 대체 어디서 와서 어디로 가는 것일까.

새털처럼 가벼운 인생

뒷산 나뭇가지마다 흰 눈꽃이 활짝 피고, 한 폭의 겨울 풍경화처럼 정토마을이 눈 속에 고요히 묻혀 있던 지난겨울 어느 날, 앙상하게 마른 몸의 거사님 한 분이 정토마을을 찾아왔다. 수십 가지의 약과 등산화, 등산복 등을 챙겨 오신 거사님에게 어떻게 알고 왔는지 물었다.

"인터넷 보고 왔습니다. 저는 꼭 살아야 하니까요."

거사님의 눈빛엔 살아야 한다는 의지가 넘치다 못해 광기가 흘렀다. 이제 갓 쉰을 넘긴 나이. 자수성가해 서울 강남에서 중소기업을 운영한다는 거사님은 친인척들에게 사업체를 맡기고 병마와 싸우고 있었다. 3개월 전에 속이 더부룩해 병원에 갔다가 위암 말기에 이미 전신으로 암이 전이되어 치료도 할 수 없다는 진단을 받았다. 3개월이 지난 지금은 복수가 차서 먹지도 못한 탓에 더욱 참혹하고 보기 안쓰러웠다. 눈을 감고 누우면 영영 깨어나지 못할 것 같다고 하며 몇 날 며칠 밤을 꼬박 새우며 계속 토하다 며칠 뒤 증상 조절이 되었다.

"사는 게 너무 바빠서 눈이 이렇게 아름다운 줄 한 번도 느껴보지 못했습니다. 스님, 절 좀 살려주세요. 의사들은 나를 못 살린다고 하는데, 부처님 은덕으로 살 수는 없을까요? 옛날 우리 어머니가 절에 열심히 다니셨는데 제가 나아서 일어나면 스님께서 하고 계신 일 열심히 돕겠습니다. 제가 죽으면 우리 회사는 금방 부도나고, 가족들은 거지꼴이 되고 맙니다. 이대로 죽을 수는 없습니다. 왜 하필이면 제가 죽어야 합니까!"

거사님은 한 가닥 남은 힘을 다해 분노를 터뜨렸다.

"어려운 시절 다 넘기고 이제 겨우 살 만하니까 죽어야 한다니요. 내가 벌어놓은 돈 한 푼도 제대로 써보지도 못하고 집, 빌딩, 회사 어느 것 한 가지도 정리하지 못했는데 어떻게 이대로 죽습니까?"

이불을 움켜쥐고 오열하던 거사님. 그 흔들리는 등이 안쓰럽고 가슴 아파 나는 하염없이 쓰다듬었다. 바쁘게 뛰어다니느라 맘껏 위로도 받지 못하며 살았을 텐데, 이제 먹지도 못하고 통증이 심해서 마냥 고달프기만 한 등이었다. 흐느껴 우는 환자 곁에서 평온을 기도할 뿐, 나는 그 서러움을 온전히 위로할 수가 없었다. 죽음 앞에서 느끼는 나의 무력함이 더 사무치는 날이었다.

3개월 동안 계속 토하고 물 한 모금 제대로 못 먹던 거사님은 정토마을에 오신 뒤 미음도 먹고 과일즙 그리고 떡도 조금 씹어 먹으며 아주 천천히 회복했다. 통증이 가라앉고 마음의 안정을 찾자, 그는 행복한 표정으로 이렇게 말했다.

"스님, 목구멍으로 음식을 삼킬 수 있다는 사실이 이처럼 큰 행복이고 기쁨인 줄 몰랐습니다. 그동안 맛있는 음식을 많이 먹었지만 이렇게 행복했던 적은 없습니다."

거사님은 계속 음식에 집착하면서 실낱같은 목숨을 쇠줄처럼 믿고 매달렸다. 이 또한 죽음으로 가는 수순임을 알기에, 나는 그저 그 모습이 가엾고 또 서글펐다.

부산에서 출발해 정토마을에 도착하니 밤 12시. 아직 잠이 들지 않았는지 병실에 불이 켜져 있어 들어갔더니 환자가 밝게 웃었다. 전신 부종이 생긴 뒤로 힘든 나날을 보내건만, 언제나 웃음을 잃지 않는 그는 내게 참 고마운 사람이었다.

갑자기 거사님은 어렸을 때 가난해서 양껏 먹지 못했던 찰떡이 먹고 싶다고 했다. 큰 사업을 하던 사람이라던데, 몇 달 사이 어떻게 이리도 어린아이처럼 순수해질 수 있을까. 생각할수록 뭉클했다. 동짓날 아침이었다.

"스님! 팥죽하고 새알 몇 개만 먹어보면 안 될까요?"

"드리지요!"

몇 달 동안 물만 먹어도 토하던 속에 팥죽을 들여보내는 게 위험한 일이지만 그래도 한번 해보기로 했다. 주방에 부탁해 팥죽과 새알 두 개를 준비했다.

동지 기도를 마치고 병실에 들어서니 거사님이 밝은 표정으로 인사를 건넸다.

"저는 평소에 찰떡을 좋아했어요. 어제는 그 찰떡이 어찌나 먹고 싶던지……"

"찰떡과 동지 팥죽을 드시니까 누가 생각나세요?"

"어머니……"

숨 쉴 기운도 없는데 환자는 또 눈물을 흘렸다.

"어머니요, 어머니는 몰라요. 일곱 형제 중에 제가 넷째인데……"

아들이 죽어가는 사실을 어머니가 모른다니, 이게 무슨 말인가. 심지어 그 많은 형제 가운데 아무도 그의 딱

한 사정을 모른단다. 아내가 회사 일을 수습하는 중인데 어느 정도 정리되면 아마도 알리지 않겠느냐고 했다. 시간이 얼마 없는데…… 걱정이 되어 그렇게 해야 할 특별한 이유라도 있는지 물었다.

"해결해야 할 일이 많아요."

어쩌면 좋은가. 부모형제도 모르게 이렇게 혼자서 죽어가야 한다니……

환자는 자신의 회복을 믿는 듯했다. 먹고 마시고 소화할 수 있다는 사실에 만족해하며 실낱같은 희망을 가졌다. 저녁으로 하얀 찰밥과 호박떡이 나왔다. 예쁜 접시에 조금씩 담아주었더니 역시나 아이처럼 기뻐했다.

"스님, 씹을 수 있는 기쁨, 삼킬 수 있는 기쁨이 이토록 가슴 벅찬 행복임을 예전에는 정말 몰랐습니다."

눈물 가득한 그의 목소리를 듣자 나도 목이 메었다. 정토마을에 도착하던 그날의 메마르고 초췌한 모습을 생각하니 지금 이 순간 이만하기도 기적처럼 느껴졌다. 살아 있어서 기적이라기보다 지금 이 순간을 함께 나누며 삶의 기쁨, 작은 것의 행복을 이야기할 수 있다는 게 기적이었다. 이제는 환자를 계속 괴롭히던 구토도 멎고 잠에 빠지는 것도 두려워하지 않는 환자의 모습을 보며 안도감을 느꼈다. 물론 아직까지 삶을 정리하지 못했지만, 삶처럼 다가오는 죽음이니 이 또한 순응하게 되리라.

아내는 사업체를 정리하고 수습하느라 바빠 병원에 와서 간호할 수 없었지만 매일 전화로 안부를 주고받았다. 고등학교와 대학교에 다니는 아이들은 수업 때문인지 내려오지 않았다. 춥고 삭막한 겨울날, 환자는 정토마을에서 죽음을 향해 홀로 걸어가고 있었다. 그리운 이들이 저리 멀찍이 있으니 죽음이 더욱 두려웠던 건 아니었을까. 잠든 환자의 모습을 보고 병실을 나와 밤하늘을 올려다보았다. 그날따라 별들이 유난히 밝았다. 한 해의 끝자락이 별빛처럼 환했다.

임종 하루 전날, 수박 주스를 마시며 환하게 웃는 거사님에게 잘 자라는 인사를 건네고 아래채로 내려와 다른 일을 하다가 깜박 잠이 들었다. 한데 꿈이었나, 거사님이 내 방으로 들어오더니 고개를 숙여 꾸벅 인사했다.

"스님, 고맙습니다. 저 이제 갑니다."

벌떡 일어나 눈을 떠보니 새벽 3시. 며칠 전부터 느껴왔던 예감대로 작별의 시간이 다가온 듯했다. 보호자도 없는데 어쩌나 걱정하며 얼른 병실로 올라갔더니 거사님은 깊은 잠에 빠져 있었다. 흔들어 깨웠더니 정신을 차린 듯 나를 알아보고는 눈을 크게 떴다.

"스님, 이대로 편안해요, 아주."

"가족을 불러야 할 것 같아요."

"스님이 기도하시고 내려간 뒤에 아주 편안하게 잠들었네요. 잠자는 것처럼 이렇게 간다면 무섭지 않을 것 같아요. 가족들은 날이 새면 천천히 부르세요. 길도 미끄러울 텐데."

거사님은 또다시 깊은 잠에 빠져들었다. 죽을 둥 살둥 허덕이며 모아둔 재산과 가족들 때문에 꼭 살아야 한다고 울먹이던 큰오빠 같은 환자였는데, 근심걱정 다 어찌하고 가시려는지……

새벽이 되자 사대가 점점 흩어져가고 혀도 굳었다. 다만 눈동자만 살아서 곁에 있어 달라고 말할 뿐이었다. 그렇게 몇 시간이 흘렀을까…… 거사님은 오전 11시경에 눈한 번 크게 뜨고 나를 바라보다가 눈을 뜬 채로 그대로 숨을 거두었다. 가족 한 명 없이 쓸쓸한 병실에서. 훗날 어머니가 아시면 얼마나 원통해하실까.

환자의 아내와 아이들은 다음 날 낮 12시가 넘어서야 도착했다. 아내는 믿을 수 없다는 듯 오열하며 남편의 시신을 붙잡고 흔들었다.

"어쩜 사람이 이리도 쉽게 죽나요, 이해할 수 없어요. 아직 정리도 다 못했는데 우리는 어쩌라고……"

오직 살기 위해 앞만 보고 달려왔던 한 사람이 그렇게 삶을 벗고 이생을 떠났다.

죽음 앞에 서면 사람들은 대부분 이 좋은 세상에서 무조건 더 살아야 한다고, 지금 죽는 건 억울하다고 울부짖는다. 맞다. 이생은 아깝다. 한데, 이 아까운 삶에서 우리는 어떻게 살고 있을까. 현상에만 집착하느라 자신이 진정 원하는 게 뭔지도 모른 채 이리저리 끌려다니고 있지는 않나. 어디로 와서 어디로 흘러가는지도 인식하지 못한 채 허상만 좇고 있는 건 아닌지……

마음을 내면 낼수록 힘겨워지고, 쌓으면 쌓을수록 무거워지는 것이 삶. 이 세상에 가볍게 머물다가 홀연히 떠나야 하는 것이 진정 충만한 삶의 기쁨이라는 것을 알고 있는 이 얼마나 될까.

아름다운 이별,
아름다운 만남

3

인간의 일생이 이슬 같기에 고귀하다.
영원한 것은 어디에도 없다.
주어질 것은 이 순간밖에 없다.
이 순간 모든 것은 살아 있음을 위함이다.

청하지 않아도 봄은 오고
시절은 알아서 꽃은 핀다.
인간의 일생도 인과 연으로 피고 질 뿐이다.
그래서 아름답다.

좋은 몸 받아 다시 오기를

희경 씨는 서른일곱, 별명이 촌놈으로 알려진 충청도 출신 노총각이었다. 그는 간암 말기로 우리 호스피스 병원에 오게 되었다. 가난한 집 3남 2녀 중 둘째 아들로 태어난 그는 가난이 한恨이 되어 어린 나이에 돈을 벌기 시작해 동생들을 뒷바라지하며 악착같이 살았단다.

이런 사실을 아는 여동생이 오빠를 잘 돌보았지만, 희경 씨는 늘 말이 없었다. 훤칠한 키에 잘생긴 용모의 그는 과묵한 표정으로 사색에 잠겨 있을 때가 많았고, 항상 책을 손에서 놓지 않았다. 산책도 혼자서 다니고 사람보다는 풀꽃들과 마음을 나누며 자연과 친밀하게 지냈다.

그러던 어느 늦은 가을날 오후, 희경 씨가 복도를 지나던 나를 자신의 병실로 초대했다. 쑥스러워하긴 했지만, 그는 무척 진지한 표정으로 어렵게 말문을 열었다.

"스님, 죽을 때는 어떤 일이 일어난대유? 그리고 죽으면 정말 다시 태어나서 돌아올 수 있시유?"

"아, 다시 태어나고 싶은 거로군요?"

"죽기는 죽을랑갑는데 참 갑갑해서유. 어찌해야 할지 도무지 모르겠고…… 시님, 엄청 바쁘지유? 하두 답답해서 오늘 아침에는 시님을 기다렸어유. 숨이 뚝 하고 끊어지남유? 엄청 아플까유?"

나는 마음을 열고 귀를 기울여 환자의 근심과 걱정을 들었다.

"우리 희경 씨는 어떻게 죽음을 맞이했으면 좋겠시유?"

환자가 처음으로 활짝 웃었다.

"스님도 충청도 사람이유?"

"아니유. 갱상돈데유."

"다음 생에는 스님같이 생긴 사람이 엄마였으믄 좋겠시유. 제가 죽을 때 안 아프고 깊이 잠들어 있을 때 쥐도 새도 모르게 죽음이 와서 절 데불고 갔으면 좋겠시유."

"다음 생에도 여전히 촌놈으로 태어나고 싶은 건가유?"

그는 깜짝 놀라며 손사래를 쳤다.

"아니유! 도시놈유. 도시에 태어나야지유."

환자는 나에게 순박함이 묻어나는 구수한 충청도 사투리로, 가난한 부모 밑에서 공부도 제때 못하고 농사일만 하고 살았는데, B형 간염이 있는 줄도 모르고 있다가 간염이 간암으로 진행하게 된 것이라고 말해주었다.

나는 살아내느라 인생 참 힘들었겠다고 그의 등을 토닥이며 다시 태어날 수 있는 방법을 연구해보자고 제안했다. 그러자 희경 씨는 몹시 좋아했다.

환자들은 때때로 죽음에 대해서 아주 구체적으로 물어온다. 결국 모든 선택과 준비 그리고 마지막 여정에서 경험할 정신적, 정서적 환경은 환자의 의지에 달려 있다. 호스피스는 그 의지를 잃지 않도록 힘을 보탤 뿐이다.

때론 '무지無知'가 죽음에 대한 공포를 키울 때가 있다. 이런 이유로 나는 희경 씨에게 죽음에 이르는 과정을 최대한 쉽게 설명해줘야겠다고 생각했다.

"사람의 몸은 땅과 물과 불 그리고 바람으로 이루어져 있어요. 죽음이 시작되면 이 네 가지가 순서대로 무너지는 느낌이 일어납니다. 처음, 땅의 성질이 무너질 때 우선 몸의 근육에 모여 있던 힘이 빠지고 피부의 탄력이 사라지기 시작하며, 피부를 잡아 당겨보면 힘없이 쭉 달려

올라옵니다. 이렇게요."

나는 살을 집는 시늉을 해보였다.

"주먹을 쥘 힘이 없어 손바닥이 힘없이 펴지면 아, 땅의 성질인 지대地臺가 무너지는구나, 하고 알게 되지요. 다시 말해서, 뼈대를 지지하고 있는 피부와 근육이 힘을 잃게 되므로 환자의 피부는 윤기와 탄력을 잃게 돼요. 그런 다음 물의 성질이 무너집니다. 몸속의 물이 흩어질 때는 땀구멍에 끈적끈적한 땀이 송송 맺히게 되지요. 그런데 이것을 만져보면 땀의 성분과 뭔지 모르게 다르다는 것을 알 수 있어요. 생명을 존재하게 했던 정액이 흩어지는 거죠. 이때 임종의 여정에 있는 사람은 갈증과 가슴 짓눌림을 느낀다고 해요. 육체가 중력을 버틸 힘을 잃어가기에 그런 느낌이 일어납니다. 그런 이유로 이불이나 옷이 무거우면 몹시 힘들고 고통스러워하지요. 그래서 임종이 가까워지면 환자들의 옷을 가볍게 입혀야 해요. 하지만 춥지 않도록 정말 조심하고 유념해야 합니다."

희경 씨는 진지한 표정으로 이야기에 귀를 기울였다.

"다음에는 몸의 뜨거운 기운이 흩어지게 되지요. 뜨거운 기운이 흩어질 때는 환자들이 답답해하며 옷을 벗거나 차가운 얼음물을 찾는 경우도 있어요. 이때 온몸으로 뜨거움을 느낄 수 있답니다."

희경 씨가 침을 삼키며 물었다.

"많이 고통스러운가요?"

나는 그에게 미소를 지어 보였다.

"무거움, 뜨거움 등 몸이 느끼는 감각적 자극이 사람마다 다르고, 죽어갈 때 일어나는 상황도 사람마다 다릅니다. 그런데 제가 희경 씨 역사를 들어보니 선하고 순박하며 어질게 잘 사셨기 때문에 임종시臨終時에도 고요하고 가볍게 떠나실 것 같아요."

나는 희경 씨의 진지한 표정을 확인한 뒤 계속 말을 이었다.

"몸이 식어가며 호흡이 거칠어지거나 가늘어지다가 숨이 멎게 되는데 그 또한 사람에 따라서 천차만별입니다. 몸이 식어갈 때 발아래 쪽에서 머리 쪽으로 식어 올라오는 사람도 있고, 머리 부분에서 발 쪽으로 식어 내려가는 사람도 있지요. 이때는 환자가 입고 있는 속옷과 이불 등을 조임이 없는 가벼운 것으로 챙겨드려야 한답니다.

마지막에는 바람의 기운이 무너지게 되지요. 육체적으로 죽음의 완료 시점은 동공이 풀리면서 호흡의 횟수가 줄어들고 혈압과 맥박이 떨어지며 밖에서 들어간 숨이 다시 밖으로 나오지 못할 때입니다. 이때 심장이 닫히는 소리와 함께 호흡이 멎게 됩니다."

희경 씨가 침을 삼키며 물었다.

"그럼, 완전히 죽은 건가요?"

"몸을 구성하는 육체적 요소가 생명이 다해서 모든 기능이 멈추었지만, 정신적 요소는 아직 살아 있다고 할 수 있죠."

나는 부드러운 표정으로 희경 씨를 바라보며 마지막 설명에 집중했다.

"육신을 움직이던 정신적 요소인 의식은 육체의 기능이 멈추게 되면 생명의 바람을 타고 숨길을 통해서 몸에서 벗어난다고 합니다. 몸은 꽃에 비유되고요. 의식은 꽃의 향기에 비유하면 적절할 것 같습니다. 꽃이 떨어지면, 향기가 꽃을 떠나게 되면, 비로소 한 사람의 일생이 종결되고 진정한 의미에서 죽음이 완료된다고 할 수 있어요."

희경 씨는 "아, 스님 죽는 과정이 그렇게 일어나는군요." 하며 고개를 끄떡였다.

나는 희경 씨에게 《티벳 사자의 서》를 읽어두라고 가져다주었다.

희경 씨는 《티벳 사자의 서》를 매우 흥미롭게 읽었고, 그 책을 통해서 다음 생 준비를 착실하게 해갔다.

그는 마음이 선하고 순해서 그런지 투병 과정에서 모

든 것들이 수월하고 순하게 일어났다. 죽어갈 때 그 사람이 사용했던 마음과 말과 행동을 반영하여 마지막 죽음 상황이 일어난다고 했는데, 희경 씨의 여정을 보니 옛 조사 스님들의 말씀이 하나도 틀리지 않음을 알 수 있었다.

희경 씨는 3월에 입원해 10월의 마지막 날 떠났다. 그날 아침에 커피 한잔하면서 오후에는 영화를 함께 보기로 약속했다. 오전에 목욕도 하고 얇은 면 내의도 입고 침상도 깨끗이 갈고 편안히 잠이 들었다.

평소에 자신이 잠들 때 죽음이 쥐도 새도 모르게 데리고 갔으면 좋겠다고 했는데 정말로 그런 일이 일어났다. 목욕하고 피곤하다고 하며 잠이 든 사이에 희경 씨는 임종을 맞았다.

나는 임종을 맞은 희경 씨 귀에 대고 속삭였다. 희경 씨 소원대로 잠든 상태에서 죽음을 맞이했다고. 《티벳 사자의 서》에서 배운 대로 잘 기억하여 다시 좋은 나라, 내가 원하는 좋은 부모님을 찾고, 다시 태어날 수 있도록 마음을 집중하라고 일러주었다. 가난했지만 의좋은 형제들은 희경 씨 사십구재를 아주 잘 모셨고, 내게 법당에 위패를 모셔달라고 부탁했다. 다시 태어나도록 돕고 싶다고 했다. 가난한 삶을 함께 돕고 살아온 형제들이라 그런지 모두 선하고 순박해 보였다.

나는 죽어가는 그가, 그리고 우리가 죽음의 과정을 온전히 이해할 수 있기를, 그래서 죽음의 고통 속에서 온전히 깨어나서 윤회의 강을 잘 건널 수 있기를 온 마음으로 기도했다.

"아! 업과 인연의 화합으로 생겨난 환상과 같은 이 연약한 색온色蘊의 몸은, 견고하지 못함이 바람 앞의 등불 같아서 죽음의 재앙을 입지 않는 자 하나도 없네.
언제 죽음이 찾아올지 기약조차 없으니, 평소에 죽음의 표상을 관찰하고, 선업의 공덕을 힘써 닦아야겠네."

인간 세상에도 육도가 있다

지금도 생각하면 울음과 동시에 웃음이 나는 한 남자가 있다. 호성 씨는 추석이 다가올 무렵 정토마을 호스피스 병원에 와 가족이 되었다. 이목구비가 선명하고 예리하게 생긴 서른넷의 그는 결혼도 하지 못한 채 혼자 객지를 떠돌다 췌장암에 걸렸다. 정토마을에서 그는 늘 따스한 햇볕 아래 쪼그리고 앉아 있거나, 책을 얼굴에 덮고 누워 있었다.

추석 전날, 가족들과 함께 명절을 쇠러 나가는 환자들로 분주한 가운데 그는 하루종일 책을 얼굴에 덮고 별 기척 없이 누워 있었다. 그렇게 있는 그가 걱정이 되어서 방에 들어가 보았다. 그는 많이 외로워 보였다. 더없이 작아 보이는 그에게 고향이 어디인지 묻자, 그는 "고향 같은 거 없어요"라고 되받아쳤다.

날이 선 대답이 안쓰러워 "그럼 형제는요?" 하고 물으니, 역시나 "그런 놈도 없어요"라고 쓸쓸하게 대답했다. 화가 많이 난 듯 보였다. 그날은 말없이 서로 탐색하는 시간이었다.

추석인 그다음 날, 그와 함께 밤을 주우러 뒷산에 갔다. 야생 알밤이 많아서 줍는 재미가 쏠쏠했다. 한참을 줍다가 허리를 펴고 어느 묘지 앞 잔디밭에 나란히 앉았다.

"나는 담배도 술도 안 하고 열심히 살았는데 도대체 췌장암이 뭐래요. 에이 씨, 세상 더러워서……"

나는 가만히 환자의 이야기를 들으며 큰 밤과 작은 밤을 고르고 있었다.

"아따, 스님. 그거 골라서 뭐해요. 그냥 다 삶아서 먹어야지."

그의 목소리에 짜증 반, 투정 반이 묻어났다.

"고향에도 안 가고, 왜 따라와서 잔소리해요."

"내 더러워서. 고향 떠난 지 수년 만에 부모님 산소에라도 들러볼까 해서 형이란 놈들에게 연락했어요. 날 좀 고향에 데려다 달라고 그랬는데 한 놈도 안 오네. 즈그가 나보다 더 바빠. 젠장, 낼모레 죽을 놈보다 더 바빠라. 에이 씨.”

“잘생긴 사람이 왜 그리 말이 거칠어요. 뭔 일 하고 사셨어요?”

호성 씨는 큰 알밤을 툭 던지며 “에이 씨, 건축 일을 했어라.” 했다.

“그래, 형제는……”

그에게 조심스럽게 형제에 대해 물었다. 호성 씨는 여덟 남매 중 막내였다. 그는 부모님이 두 분 다 돌아가신 뒤 학교를 다니다 말고 도시로 돈 벌러 나왔다. 먹을 것 안 먹고 악착같이 돈을 벌어서 집도 사고 장가도 가고 형제들 보란 듯이 잘 살겠다는 일념으로 열심히 일했단다. 그런데 고향에 있는 부모님 산소도 못 가보고 죽게 생겼다며 두 손으로 남의 산소 잔디를 움켜쥐고 거칠게 뽑았다.

나는 그에게 이따 법당에서 제사 지낼 때 부모님 위패를 써서 같이 지내겠냐고 넌지시 물었다.

“아, 그래도 됩니까?”

호성 씨의 얼굴이 환해지면서 개구쟁이 같은 미소가 떠올랐다.

“그럼요. 그럼 우리 이제 내려가서 부모님 위패도 쓰고 명절 지낼 준비 같이 해보실래요?”

그는 천진하고 사랑스러운 사람이었다. 추석 명절을 지내고 난 뒤 환자는 내게 마음을 열어주었다. 그는 자신이 살아온 이야기를 스스럼없이 할 정도로 아주 깊이 다가왔다. 살면서 혼자 몸이라 혹시나 하는 생각으로 여기저기 보험을 들어두었는데 막상 병이 들고 보니 보험금이 많이 나와도 어떻게 해야 할지 모르겠다고 했다. 병나면 써야지 싶어 들어두었던 보험인데 병원에서 방사선도 할 수 없고 항암제도 안 된다고 하니 분통 터져 죽을 지경이란다. 듣고 있는 나도 가슴이 답답했다.

그는 췌장암에 좋다는 약초를 어디서 구했는지 입원하러 올 때 가방 가득 싸 들고 왔다. 하지만 아무리 먹어도 소용없었다. 살은 점점 더 빠지고 얼굴에 황달이 오기 시작했다.

한 달이 지나고 두 달이 지나도 그에겐 혈육 하나 찾아오지 않았다. 나는 공부하는 조카에게 약간의 돈을 보내고, 남은 돈은 형제에게 나눠주고 가면 어떨지 물었다. 그러자 그는 형제에게는 주지 않겠다고 잘라 말했다.

형제는 자기에게 돈이 있다는 사실조차 모른다고 했다. 그는 살고 싶은 마음이 몹시 간절하고 지푸라기라도 잡고 싶지만, 한낱 지푸라기도 없다며 매양 좌절하고 절망했다.

하루가 지나고 이틀이 지나고, 어느 날 살고 있던 자신의 작은 아파트를 당신처럼 병든 사람들을 위해서 써 달라고 기부했다. 정토마을 뒷산에 낙엽들이 후두둑 떨어지기 시작할 즈음이었다. 황달도 깊어지고 뼈 마디마디가 저리고 아파서인지 환자는 나에게 많이 의지했다. 간혹 내가 그의 손을 주무를라치면 "스님은 어서 들어가서 좀 쉬어야 돼. 힘이 한 개도 없어. 빨랑 가서 쉬어요." 했다.

대신 정토마을 원주 스님이 오셔서 주무르면 무척 좋아했다. 이유는 단순했다. 기운 없는 내가 주무르면 되레 자신의 기氣를 내게 다 빼앗기니, 원주 스님에게 만져달라고 한단다. 성정은 거칠지만 참 사랑스럽고 순수한 환자였다.

환자가 임종하기 일주일 전, 고향에서 친구 한 명이 찾아왔다. 나는 그 친구에게 지나가는 말로 환자에게 돈이 조금 있는데 형제가 모두 어디에 사는지 환자가 말을 하지 않으니 통 알 수가 없다고 했다. 그날 저녁 늦게 택시 한 대가 정토마을로 들어왔다. 그때부터 벌어진 사태는 말로 표현할 길이 없다. 누워서 꼼짝도 못 하는 환자 방에 형제들이 들이닥쳐 환자의 소지품을 찾아 짚이는 대로 가지고 갔다. 도장이며 통장이며 지갑에 든 몇 푼 안 되는 현금까지 몽땅 가지고 가버렸다. 돈 앞에서 다른 건 아무것도 보이지 않는 듯했다. 눈이 뒤집혀 형제도 주변 사람도 안중에 없는 것 같았다.

형제들의 그런 모습을 보면서 환자는 말리지도 않고 모든 것을 포기한 듯 보였다. 형제들이 돌아가고 사흘 만에 환자는 임종을 맞았다. 형제들에게 그가 고향으로 가고 싶어 했다고 전했지만, 한 사람도 그를 고향으로 데려가려고 하지 않아서 하는 수 없이 가까운 영안실로 옮겼다.

입관하는 동안 문상객은 형제 몇 명뿐이었다. 어떤 형제들은 아예 오지도 않았다. 뒤늦게 돈이 있다는 소식을 듣고 헐레벌떡 달려온 누이는 그의 시신을 흔들며 입관을 막았다.

"야, 이놈아, 내가 너를 업어 키웠는데 돈을 주려면 나를 줘야지, 네 돈을 도둑놈들이 다 가지고 가고. 야 이놈아, 이놈아. 나를 줘야지, 나쁜 놈. 왜 돈이 있다는 말 안 했냐"

온몸으로 시신을 흔드는 통에 입관하던 사람들이 손을 놓고 가버렸다. 간신히 상황을 정리한 뒤 입관을 하는데 파리한 안색의 환자 모습이 안쓰럽고 민망하기 그지없었다. 그의 마지막이 평온하기를 바라는 마음에서 불러들인 형제들은 그를 더욱 외롭고 아프게 만들었다. 물론 모두가 가난하게 사느라 지친 까닭일 터였다.

다음 생으로의 길에 전략이 필요하다

우리가 수도 없이 하는 생각들이 우주의 생태를 바꾼다는 말이 있다. 즉 어떤 생각을 하는가에 따라서 삶의 생태에도 변화가 일어날 수 있다는 이야기이다.

죽음의 문제도 다를 수 없다. 죽음을 어떻게 생각하느냐에 따라 죽음에 대한 관점이 달라진다. 죽음은 현생과 또 다른 생을 잇는 다리와도 같다. 두려움에 떨며 그 다리를 마주하게 된다면 강력한 저항과 방어가 육신에 대한 집착으로 나타날 것 같다. 생존에 악착같이 집착해 초월적 긴장을 가하면 물질인 육체가 부서지는데 영향을 미칠 수도 있다.

수명을 얻게 된 이후부터 우리의 목숨은 바람 앞에 촛

불 같은 신세이다. 사람의 수명이 얼마나 남았는지 충전 용량을 알 수 없기에 인간의 목숨이 바람 앞에 촛불 같다.

사람에게 주어진 수명과 현대과학이 만들어낸 배터리를 빗대어볼 수 있다. 현대과학이 만든 배터리는 어느 정도 재충전이 가능하다. 하지만 인간의 몸과 연결된 수명은 재충전하기가 정말 특별하고 어렵다. 태어날 때 충전해온 수명을 우리는 살아가며 부단히 소진한다.

수명은 수명으로 재충전해야 하는데 충전 방식이 참 특별하다. 타인의 수명을 충전시켜야만 나의 수명도 충전된다는 논리는 인과법이다. 까만 콩 심으면 까만 콩이 나고, 푸른 콩 심으로 푸른 콩이 난다는 진리는 연기적 인과의 법칙으로 계산해볼 수밖에 없다.

누군가가 자신의 수명이 얼마 남지 않았다고 하면, 나는 타인의 수명을 충전할 수 있도록 선업善業의 공덕을 지으라고 말한다. 가난한 나라에 인큐베이터 같은 것을 기부해, 조기 분만해 목숨이 위태로운 아기들의 수명을 잇는 공덕을 짓도록 권할 때가 더러 있다. 이러한 보시는 수명의 질을 높이고 진정한 방생의 의미를 담고 있다.

한 제약회사에서 약을 개발하는 과학자로 일하던 환

자를 상담한 적이 있다. 그는 말기 암이었다. 앞만 바라보고 뛰다가 수명 배터리에 충전된 용량이 너무 적게 남았다는 사실을 알게 되었다. 하지만 수명을 연장할 수 있는 방법은 이 지구상에 없었다. 그는 무엇 때문에 자신에게 이런 병이 생겼는지 모르겠다며 억울해했다.

공부와 연구 그리고 가족에게 충실했을 뿐 다른 잘못을 한 적이 없는데, 다른 사람들은 다 혜택을 보고 수명을 연장하는데 자신에게는 왜 현대의학이 무용한 것이냐며 분노했다.

나를 찾아서 정토마을에 왔을 때는 분노와 당혹스러움으로 감정이 많이 격해져 있었다. 그는 내게 따져 물었다. "불교에서 단명하는 과보는 살생의 인과라고 한 스님께서 이야기해주었는데, 나는 누구도 죽이지 않았어요. 저는 약을 연구하는 사람인데 저를 고칠 수 있는 약이 없다는 사실이 너무 당혹스럽습니다"라고 했다.

말기 암이라는 현실 앞에서 그는 어떻게 대처해야 할지 길을 잃었다. 외국의 사례도 많이 찾아보았고, 수술 경과도 알아보았는데 너무 늦게 발견해 손을 쓸 수가 없었다고 했다. 듣는 나도 답답하고 막연해 눈앞이 캄캄했다. 그러니 당사자인 본인은 그 상실감이 얼마나 클 것이며, 혼돈과 혼란 그리고 혼미함은 또 얼마나 클 것인가?

노모도 살아 계시고 아이들도 성인이 되지 않았는데, 병원에서 3개월 판정을 받았고 아직 가족들이 아무도 이 사실을 모른다고 했다.

"스님, 그럼 저는 어디서 어떻게 죽어야 할지 궁금해서 스님을 찾아왔어요. 가족들에게는 언제 어떻게 알려야 충격이 덜 할지도 알고 싶고요. 살면서 한 번도 죽음을 생각해본 적이 없어서 죽음이란 단어가 너무나 생소하고, 죽는다는 사실이 꿈 같아서 현실감이 없다는 것이 또 다른 고통이에요."

날짜는 자꾸 지나가고, 몸에서 이런저런 반응이 빠르게 일어나 막연한 두려움 때문에 집에 가만히 있을 수도 없고, 아직 직장에 사표도 못 내고 휴가 중이라며, 수명을 조금이라도 연장할 수 있는 방법이 없는지 물었다.

환자는 가족과 함께할 작별을 어떻게 준비해야 할지 물었지만, 현대의학이 3개월 판정을 했는데 무엇을 어떻게 도와야 수명을 조금 더 연장할 수 있을지 막막하기만 했다. 도움이 되고 싶은데 방법이 생각나지 않았다.

하여 혹시 낚시를 많이 하는지, 아니면 약을 개발하면서 다른 생명체를 죽였는지 물었다. 그러자 그는 화들짝 놀라며 얼굴이 새파랗게 질렸다. 그리고 연구용 동물들을 많이 죽였다고 했다. 사람을 살리기 위해서 반드시 개발해야 하는 약을 실험하기 위해서는 실험 대상이 필요하다고 했다.

나는 더 이상 묻지 않고, 가난한 나라의 아기들을 구할 수 있는 인큐베이터를 기부하자고 제안했다. 암 진단을 받아 나온 보험료를 치료비로 사용할 수도 없으니, 그는 좋은 대안이라고 하면서 선뜻 돈을 기부했다.

그래서 어느 나라 대학병원 산부인과에 인큐베이터를 몇 대 기증할 수 있었고, 조산아들의 목숨을 살리는 데 도움을 주었다. 남은 돈으로 실험실에서 죽어간 동물들을 위한 천도재를 올리고 살생한 인과를 참회하는 기도를 하게 하였다.

이 과정을 진행하는 동안 우리는 친해졌고 신뢰감도 쌓였다. 이런 인연으로 환자는 한 한방대학병원에서 암을 연구하는 선생님과 인연이 닿아 한방과 다양한 대체의학으로 병의 진행을 늦출 수 있었고, 가족들과 독일 여행을 하며 대체의학센터에서도 도움을 받았다. 그러자 암의 진행이 점차 느려졌다.

그는 약 2년 이상을 무탈하게 잘 지냈고, 자신의 삶을 천천히 마무리하는 과정과 다음 생을 위한 준비를 하며 가족들에게도 자연스럽게 천천히 알리게 되었다. 담담하고 여유롭게 죽음을 맞는 환자의 태도가 가족들이 느낄 불안감을 많이 줄여주었다.

과학자인 그는 죽음의 문제도 과학적으로 연구하고 탐색하는 태도를 보였다. 특히 《티벳 사자의 서》를 받아 들고, 다음 생을 위한 전략을 확실히 설계하는 모습을 보며 사람들이 예고 없이 말기 불치병을 진단받게 될 때 이분처럼만 할 수 있다면, 얼마나 행운인가 싶었다.

똑똑하고 철저하게 준비하고 여유롭게 떠난 분. 그는 다음 생에는 의사가 되기 위한 꿈을 품고 떠났다. 나는 그분의 꿈을 적극적으로 응원하면서 또 다른 생에서 만나기를 기원했다.

아름다운 돌봄

지난여름, 한 병원에서 30세인 젊은 환자를 만났다. 그는 꿈을 미처 펼쳐보지도 못하고 생의 마지막을 준비하고 있는 안타까운 청년이었다. 그러던 중 그 청년과 어린 시절 한동네에서 자라 대학도 함께 다닌 인연이 깊은 친구가 나를 찾아왔다. 청년이 죽음을 앞두었다는 소식을 듣고는 주저 없이 나를 찾았다고 했다. 친구의 죽음이 외롭지 않도록 곁에 있고 싶어 회사에 휴가를 냈다고 했다. 그리고 아주 침착하게 친구를 위해 자신이 무엇을 하면 좋을지 물었다.

나는 그 친구에게 내가 아는 것들을 함께 나누었다. 마지막까지 친구의 곁을 지키며 꼭 다시 만나자고 손가락까지 걸며 약속하던 그를 잊을 수가 없다. 청년은 곁을 지켜준 친구 덕분에 희망을 품고 세상을 떠났다.

마지막 순간까지 환자의 손을 잡고 죽음을 잘 준비할 수 있도록 도와주는 이가 곁에 있다면 그 죽음은 서럽고 외로운 것이 아닌, 이 세상과의 단절이 아닌, 새로운 희망, 나의 의지를 꽃피울 수 있는 나만의 삶을 새롭게 얻는 것이다.

죽음의 현장인 호스피스에 영적 돌봄이 필요한 것은 죽음을 바르게 이해하고 사후 생에 대한 다차원적인 변화를 탐색하면서 재생의 길을 선택 가능하도록 노력하기 위해서이다. 지금의 삶을 잘 정리하고 미래지향적인 마음을 갖도록 돕기 위한 목적도 있다.

우리나라의 호스피스 병원과 대학병원의 호스피스 병동은 세계 어느 나라와 비교해도 모든 면에서 뒤떨어지지 않는다. 그렇지만 죽음의 여정에 있는 사람들에게 특별한 돌봄과 완화의료 그리고 연민과 존엄에 대해 올바른 앎이 결핍되어 있으며, 죽음에 대한 교육 부재가 삶의 질을 저해하는 요인이 되기도 한다.

호스피스 병원은 환자와 가족들에게 적절한 의료서비스와 간호를 제공하면서 사회복지 부분과 영적 고통을 다루는 영적 돌봄, 다양한 지지와 상담을 통해서 환자의 삶과 가족들의 삶의 질을 높이는 데 집중한다. 또 다음 생을 위한 준비도 개인의 성향과 종교에 따라 제공하며, 죽음에 대한 지나친 공포와 단절감 또는 불안감을 관리하면서 안정되고 안락한 환경에서 마지막 시간을 의미 있고 가치 있게 활용하도록 돕는 전문의료기관이다.

정토마을 자재병원에서 활동하는 영적 돌봄가인 스님들은 환자의 임종이 예상되면 임종 하루 전날쯤에는 임종을 앞둔 환자의 몸을 향물로 깨끗이 닦고 부드럽고 깨끗한 옷으로 갈아입힌다. 환자복보다 부드러운 면으로 만든 넉넉한 크기의 바지와 하얀 티셔츠면 좋다. 침상 및 방바닥에 까는 요는 폭신한 것이 좋으며, 덮는 이불은 100그램이 넘지 않도록 한다. 향물은 자비심이 담긴 물로, 맑고 깨끗한 정화의식을 통해 다음 생을 잘 선택하기를 기원하는 의미를 담는다.

그리고 환자가 임종을 준비하는 공간에서는 목탁이나 요령을 쓰지 않는다. 향이나 초도 켜지 않는다. 사람들이 내는 소리, 문 여닫는 소리 그리고 미세한 냄새까지도 조심하고 신경 써야 한다. 마지막 순간을 고요함과 평화로움으로 채울 수 있도록 배려한다.

환자의 임종을 돕는 의료진과 영적 돌봄가는 환자의

상태에 따라서 적절한 간호와 돌봄을 제공해야 한다. 무엇보다 환자의 영적인 상태가 안정되고 안전하게 유지될 수 있도록 도와야 한다. 특히 환자의 종교에 따른 종교적 돌봄이 절실하다. 죽음이란 다리를 이용해 또 다른 삶으로 가는 여정인데, 이때 좋은 삶으로 이어질 수 있도록 돕는 것이 종교의 역할이기도 하다. 그래서 정토마을 자재병원에서도 이 부분을 중요하게 생각한다.

우리는 지금 존재하지만 언젠가는 존재하지 않을 것이다. 나도 언젠가 이 세상에서 사라질 것이다. 이 책을 읽고 있는 독자도 마찬가지이다. 삶이 아름답기 위해서는 죽음이 아름다워야 한다. 생의 가장 마지막 순간, 깨끗하고 안락한 돌봄의 환경이 필요하다. 따뜻하게 손을 잡아줄 가족 혹은 친구가 있다면 죽음은 아름다울 수 있다.

삶의 끝까지 함께하는 종교

한 대학병원에 방문했다가 일을 마치고 돌아가려는데 간호사가 허겁지겁 나를 찾았다. 그리고 이곳에 나를 기다리는 환자가 있으니 꼭 만나보고 가라고 간곡히 부탁했다. 그러자고 하고 환자의 기본적인 임상 내용에 대해 들었다.

환자는 3년 전 피부암 진단을 받고 지금은 뇌까지 암이 전이된 상태였다. 그는 2개월 시한부 삶을 살고 있었는데, 종교 문제로 환자와 가족들이 고통을 받고 있다고 했다. 게다가 매사 불안해하고 모든 것에 예민하게 반응하는 환자 때문에 가족들이 많이 힘들어한다는 사연이었다. 그와 가족의 영적 고통에 조금이라도 도움을 줄 수 있을까 하여 간호사와 함께 병동으로 올라갔다.

환자는 전신 마비 상태로 누워 있었다. 불안한 안색의 아내는 손을 가슴에 모으고 병실을 서성이고 있었고, 어머니는 보호자 침대에 누워 벽을 바라보고 있었다. 병실 안은 긴장과 불안으로 가득해 숨이 막힐 것만 같았다.

환자 침대 머리맡에는 묵주와 기도집이 놓여 있었다. 환자는 오른쪽 안구가 심하게 돌출되었고, 전신에 경련이 약하게 일어서인지 계속 식은땀을 흘리고 있었다. 모르핀을 맞는 환자의 입술은 바싹 말라 있었고, 돌출된 안구의 빨간 살점은 보는 사람들의 가슴을 더욱 아프게 했다. 안절부절못하며 병실을 서성이던 아내가 먼저 나를 보고 이내 남편에게 말을 건넸다.

"여보, 스님 오셨네요."

잠시 뒤 환자는 정신을 가다듬었다.

"아, 스님 오셨군요. 스님이 오신다는 말씀 듣고 오늘 많이 기다렸습니다."

환자는 떨리는 목소리로 고단한 투병 중에도 예의를 갖춰 나를 반겼다.

"저를 보고 싶어 하는 분이 계시다고 하여 이렇게 왔습니다."

나는 환자 얼굴에 송송 맺힌 땀을 닦아주었고, 우리는

잠시나마 눈빛으로 마음을 나눌 수 있었다.

"스님, 저는 죄 많은 중생입니다. 요즘 너무 고통스럽습니다."

환자가 힘겹게 이야기를 꺼냈다.

"살아보려고 부산에서 여기까지 왔습니다. 스님, 저는 다인실에서도 살 수 없는 몸이라 독실에서 석 달째 이러고 있습니다."

쳐다보기 민망할 정도로 환자의 얼굴에 달걀 크기만 한 안구가 튀어나와 있는데, 자신도 그것을 의식하는 것 같았다. 이내 환자는 괴로운 표정을 지으며 침을 삼켰고, 아내가 그를 부축했다.

"스님, 많이 바쁘실 텐데……"

"거사님, 걱정하지 마세요. 이곳에서 한참 있을 거니까 너무 서두르지 마시고요. 오늘만큼은 저 바쁘지 않아요."

"고맙습니다, 스님. 이 죄 많은 중생이 무지하여 큰 죄를 지었습니다. 부처님께 너무 죄스럽고 스님 뵐 면목도 없습니다. 마음이 너무 무겁고 힘듭니다. 스님! 저 죽으면 어디로 가게 될까요? 무섭습니다. 밤마다 가위에 눌리고 가슴이 답답해서 못 견디겠어요. 용서해주세요."

이렇게 말하며 내 손을 꼭 잡더니 덜덜 떨었다.

"용서를요? 그래 어디로 가고 싶으세요?"

"부처님 세계에 가고 싶어요."

"걱정하지 마세요. 거사님, 부처님께서는 지금도 거사님 마음속에 와 계십니다."

그러자 우리의 대화를 듣고 있던 환자의 어머니가 간이침대에서 일어나며 말했다.

"우짠 일인가 모르겠습니다. 조상 대대로 불교를 믿어왔는데, 우짤라고 개종인가 뭔가를 해가지고 저 난리를 피우는지…… 아이고, 4대 독자가 이게 뭐 하는 노릇이고."

보살님은 한숨을 내쉬며 병실 밖으로 나갔다.

"거사님, 천주교로 인연을 맺으셨군요?"

그러자 부인이 남편을 바라보며 얘기했다.

"네, 스님. 저희가 너무 외로울 때 위로해주시던 수녀님이 계셨어요. 이곳에 와서 정신적으로 큰 도움을 받았지요. 서울에는 친척도 친구도 없어서 많이 외롭고 힘들었는데, 날마다 저희를 찾아오시는 수녀님이 계셔서 힘을 많이 얻었어요. 그 인연으로 3일 전에 신부님이 오셔서 저희가 대세를 받게 되었습니다."

"보살님! 지하에 법당이 있던데 한번 가보셨어요? 스님은 계시다고 들었는데……"

"자주 자리를 비울 수가 없어 몇 번 들렀는데, 갈 때마다 스님이 계시지 않았어요. 그런데 어느 날 수녀님이 저

희 병실을 우연히 방문하시곤 정말 잘해주셨어요. 그래
서 수녀님께 물었습니다. 정말 고마운데 어떻게 은혜를
갚아야 할지 모르겠다고요. 그랬더니 대세를 받는 게 가
장 큰 선물이라고 말씀하시더라고요. 그래서 대세를 받
게 되었습니다."

그때 환자가 힘겹게 말문을 열었다.

"스님! 수녀님께 받은 따뜻한 마음을 죽기 전에 보답
하고 싶어서 대세를 받았습니다. 그런데 왜 이렇게 마음
이 죄스럽고 두려울까요? 병들기 전에는 절에서 참선도
하고 경도 많이 독송했는데……"

"그러셨군요. 거사님, 무엇이 그렇게 두려운가요?"

"신부님께 대세 받은 사실을 부처님께서 알면 과연 저
를 용서하실까요? 스님!"

"거사님은 정말 좋으시겠어요. 이 세상 떠날 때 거사님
을 반가이 맞이하실 분들이 많아서요. 우주에 태양이 하
나인 것처럼 진리의 태양도 하나이지요. 〈법성게法性偈〉
말씀에 '하나가 일체를 머금고, 일체가 하나를 머금어 두
두물물頭頭物物 하나로 돌아가니, 너와 내가 둘이 아니'라
하였습니다. 이제부터 지극정성으로 염불하신다면 부처
님의 영접을 꼭 받을 것입니다. 부처님께서 설하신 경도
많이 보시고, 참선도 하셨다니 말입니다. 수녀님 은혜에

보답하고자 하는 마음 또한 이토록 지극하니, 그 아름다운 마음으로 필시 극락으로 가실 겁니다."

"아이고 스님, 그런 말씀 마세요. 죄 많은 중생이 무슨……"

"이 육신 벗어버리는 날, 가시고 싶은 곳 뜻대로 가십시오. 부처님께서 자비로 거사님의 아름다운 마음을 찬탄하실 것입니다. 한마음이 청정하면 온 세계가 불국토라, 모든 생각이 다 부질없는 번뇌가 아니었을까요? 삼귀오계를 받고 불법에 귀의한 불자는 영원히 부처님의 자식입니다. 거사님."

"예, 스님. 알겠습니다. 이제야 비로소 마음이 편안해지고 가벼워지는군요. 잘 알겠습니다. 이제 혼란스럽고 두려웠던 마음이 조금씩 사라지고, 제가 어디로 가야 할지 마음이 정해지는 것 같습니다. 얼마 남지 않은 시간, 마음 잘 챙기겠습니다. 스님! 고맙습니다."

한참 뒤 문을 열고 들어온 환자의 어머니가 음료수를 컵에 부어 건네며 말했다.

"아이고, 스님. 내가 마 업이 많아서 자식 하나 있는데 저렇게 누워 있고 그것도 모자라, 이 판국에 종교를 어쨌다나, 내가 참 기가 차서 말을 못 하겠십니더. 스님! 이 일을 우짤꼬예?"

"너무 걱정하지 마세요, 보살님. 아드님께서 당신 사후의 진로를 스스로 결정하고 선택할 겁니다."

"스님 오시니 마음이 많이 편안합니다."

어머니는 한숨을 푹 내쉬며 자리에 털썩 주저앉아 원망 섞인 눈빛으로 며느리를 바라보았다. 나는 며느리에게 잠깐 밖에 나가 있으라고 눈짓을 한 뒤 어머니의 손을 잡아주었다. 그러자 어머니가 눈물을 흘렸다.

"스님, 이 일을 우짜면 좋겠십니꺼? 내가 안 울라고 했는데……"

"보살님! 사대육신 인연을 따라 모였다가 인연이 다하면 흩어지는 것이 만고의 진리인 것을 어느 누가 피할 수 있겠습니까. 우리 거사님 편안히 떠날 수 있도록 인연의 끈 이제 놓아드리고 보살님께서 마지막 준비를 잘 해드리면 어떨까요? 저 어린 며느리, 어머니가 가슴으로 품으시고, 사랑으로 용기를 주세요. 누구 탓도 아니라는 것, 잘 알고 계시지요? 우리의 인생사 구름이 모였다 흩어지는 것과 같다고 부처님께서 말씀하셨죠."

"스님! 말씀은 다 알고 있지만, 막상 제 자식 일이 되고 보니 마음대로 되질 않네요. 사실 우리 며느리 불쌍한 거 저도 다 알아요."

어머니가 흐느끼자 환자가 다독이며 말했다.

"어머니, 걱정하지 마세요. 저는 윤회를 믿습니다. 고칠 수 없는 병이라면 이 몸 바꾸어 좋은 인연으로 좋은 세상, 다시 태어나고 싶습니다. 저는 이제 편안합니다. 어머니께는 드릴 말씀이 없습니다."

"거사님, 짧은 시간의 만남이었지만 정말 소중한 시간이었어요. 우리 다음 생에 다시 만난다면 어떤 인연으로 만날까요?"

"스님, 수행자로 만나야지요."

그가 웃었다. 마음이 조금 편안해진 것 같았다.

"좋아요, 거사님. 약속하신 대로 다시 꼭 돌아오세요."

"어머니, 집사람 밖에 있나 한번 찾아보세요."

어머니가 며느리를 찾으러 밖으로 나가자 환자가 한숨을 쉬며 말했다.

"스님, 집사람이 걱정입니다. 어머니가 보통 분이 아니어서……"

"너무 염려하지 마세요. 어머니는 인과응보의 이치를 아는 분이세요."

"감사합니다, 스님. 벌써 저녁이 다 되었네요. 스님을 보는 첫 순간부터 정말 편안했습니다. 스님, 저를 위해 기도해주시겠죠?"

그렇게 환자와 마지막 작별을 고할 때쯤 아내가 들어왔고, 나는 기도를 시작했다.

"거사님을 위해 지금 기도해드리겠습니다. 부처님, 이 불자님께서 치유할 수 없는 불치의 질병을 겪으며 고통받고 있습니다. 당신의 무한한 자비의 옷깃으로 그를 감싸 안아주시고, 자비의 손길로 육체의 고통을 덜어주소서."

약 5분 정도 기도를 하고 마무리를 할 때쯤 환자의 아내가 내게 조용히 물었다.

"스님, 여기 있는 이 성경과 묵주는 어떻게 해야 하나요?"

"수녀님이 상처받지 않도록 잘 챙겨두셨다가 이 병원을 떠날 때 감사의 말씀과 함께 전해드리시면 어떨까요?"

"예, 스님 말씀대로 하겠습니다."

나는 환자의 애절한 눈빛을 뒤로 한 채 눈인사만 간신히 남기고 문을 열고 병실을 나왔다. 30대의 젊음이 질병 앞에서 처참히 무너지는 소리가 들리는 듯했다. 착잡한 마음으로 복도 저만치 걸어가는 나를 향해 어머니가 뒤따라 나왔다. 그러고는 내 손을 잡고 아들의 사십구재를 염려했다.

"저 아이 죽고 나면 사십구재는 어떻게 하면 될까요?"

"어머니께서 다니시는 부산 절의 스님께 말씀하시면 잘 지내드릴 것입니다."

아무래도 대세를 받은 것이 계속 걱정되는 것 같았다. 나는 미소로 대답했고, 보살님은 내 말을 알아들었는지 금세 안색이 좋아졌다. 언제든 연락하면 도와드리겠노라 약속하고 나는 그 자리를 떠났다.

며칠 뒤 거사님의 아내에게서 연락이 왔다. 환자도 어머니도 아주 편안하게 잘 지내고 있다는 소식이었다.

묵주를 들고 덜덜 떨던 거사님의 모습이 눈앞에 선하다. 말기 암 환자들에게 종교가 미치는 정신적인 문제와 영적인 문제 그리고 개종의 심각성을 제대로 알리고, 개종에 대한 대안 마련이 필요하다고 생각했다.

나는 불교인의 견고한 믿음과 부처님의 가르침을 올바르게 배우고 아는 지혜가 얼마나 중요한지를 성찰하면서, 심리적 불안의 정도가 가장 높은 질병 치료에서 불교란 종교의 정체성이 가장 큰 도전을 받고 있다고 생각했다. 이에 관해서는 나도 불자들에게 할 말이 없다. 의료복지의 다양성과 전문성이 타 종교에 비해 많이 부족한 것이 한국불교의 현실이기 때문이다.

다시 태어나면 아기를 낳고 싶어요

올해 마흔세 살인 보살님은 3개월 전 위가 아파 내시경을 했는데, 위암 말기라는 진단을 받았다. 모든 것이 불과 3개월 만에 갑작스레 일어난 일이라 남편은 아내에게 알릴 여유와 기회조차 놓쳐버렸다.

환자의 병은 손을 쓸 수가 없는 상태였고, 한 한방병원에 입원하는 것이 할 수 있는 일의 전부였다.

"스님, 빨리 좀 와주세요. 우리 환자가 피를 막 쏟아요."

급한 연락을 받고 병원에 도착해 병실 문을 열고 들어선 순간, 그 풍경은 참으로 처참해서 눈을 뜨고 볼 수가 없었다. 환자가 남편의 머리채를 붙잡고 고래고래 악을 쓰고 있었다.

"내가 죽는다고? 누구 맘대로! 난 절대 못 죽는다. 누가 나보고 죽는대. 응? 그놈 데리고 와!"

그러다가 보살님은 자기감정을 주체하지 못하고 피가 가득 담긴 대야를 엎어버렸다. 그 바람에 온 병실은 물론이고 남편 그리고 나까지 피를 뒤집어썼다. 내가 들어오자 의사가 따라 들어왔다. 보살님은 의사를 보더니 두 눈을 부릅뜨고 말했다.

"뭐라고요, 내가 죽는다고요?"

의사는 아무 말도 못 하고 서 있었다. 너무 다급한 상황이라 밖으로 나가 의사에게 자초지종을 물었더니, 암세포가 위벽을 뚫고 나와 위에 구멍이 나서 현재로선 아무것도 할 수 없다고 했다. 이미 암이 전신에 퍼져 더 이상 손을 댈 수도 없다는 것이다. 더 참담한 것은 불과 두 시간 정도 뒤면 환자가 임종한다는 사실이었다. 의사를 만나고 병실로 들어오니, 남편 목을 끌어안고 난리를 피우던 환자가 나를 보자마자 내 옷고름을 붙잡고 눈을 부릅떴다.

"보살님, 보살님! 이 손 좀 놔봐요."

"스님, 안 돼요. 절대로 놓을 수 없어요. 날 살려주시기 전까지는요."

나는 일단 남편을 밖으로 내보내고 보살님과 둘이 이

야기하기로 했다.

보살님의 커다란 눈에는 광기가 서려 있었다.

"남편분한테 피를 엎어버리면 어떻게 해요?"

"조금 전부터 목에서 피가 올라와 남편에게 물었어요. 여보! 내가 왜 피를 토해? 응? 그랬더니 저 인간이 글쎄, 내가 오늘 중에 죽는다고 하잖아요."

보살님은 큰 소리로 통곡했다. 그 소리가 얼마나 컸던지 다른 병실 사람들이 몰려올 정도였다. 밖에서 지켜보던 오빠들도 뛰어 들어왔다. 그 바람에 한바탕 난리가 났다.

"오빠! 사실대로 말해봐. 지금 무슨 소리를 하는 거야?"

오빠들은 동생을 붙잡고 울었다.

"미안하다. 도저히 말할 수 없었어. 부디 용서해라."

"세상에, 내가 어떻게 그 말을 믿어요. 위염이라고 해놓고…… 저는 못 죽어요, 절대로…… 아니, 그것도 겨우 두 시간밖에 살 수 없다고…… 스님, 제발 저 좀 살려주세요. 이렇게 죽을 수는 없습니다."

나중에 남편에게 왜 환자에게 사실을 알리지 않았느냐고 물었더니, 아내가 암 말기인 줄 알면 지레 겁먹고 죽을까 봐 겁이 나 말할 수가 없었다고 했다. 병실 바닥은 온통 피로 범벅이 되었고, 환자는 울부짖으며 계속 피를 토했다. 가족들은 보살님이 집으로 가서 임종하기를 원했지만 거세게 저항하며 몸부림치는 그녀로 인해 손을 쓸 수가 없었다.

한동안 실랑이를 하다가 결국 보살님을 진정시키고 달랜 뒤에야 집으로 데리고 올 수 있었다. 보살님과 나는 처음 만났지만, 집으로 가는 그 짧은 시간에도 보살님은 내 소매 끈을 잡고 놓지 않았다. 그리고 구급차 창문의 커튼을 손가락으로 열고 밖을 보더니 하염없이 눈물을 흘렸다.

"스님! 차가 정말 많네요. 저는 시장 바닥에서 장사만 하느라 차가 이렇게 많은 줄도 몰랐어요."

나 역시 보살님의 손을 꼭 잡은 채 묵묵히 차창 밖을 내다보며 착잡한 마음을 달랬다. 응급차가 얼마 뒤 새로 지은 5층 건물 앞에 도착했다. 보살님의 집은 그 건물 5층이었는데, 시집온 뒤로 재래시장에서 가방 장사로 돈을 모아 이 건물을 지었노라고 한 오빠가 말했다. 종갓집 맏이로 시집갔는데 불행히도 자식을 낳을 수 없었단다.

보살님을 안방에 누이고 시집올 때 가지고 왔던 새 이불을 꺼내 덮어주었다. 간호사는 산소호흡기를 설치해 놓고 돌아갔다.

"스님, 가지 마세요. 이게 제가 지은 집이에요. 이 집에서 아이도 하나 낳아 오순도순 살고 싶었어요."

집을 대충 살펴보니 갓 이사 온 탓에 아직 짐도 채 풀지 못한 상태였다. 친정 오빠들이 그동안 고생하며 살았다고 모든 가구를 새것으로 사주었는데 마루 한쪽에 상자째 그대로 놓여 있었다. '아! 인생살이 참, 한 치 앞을 알 수가 없구나' 싶었다.

보살님이 계속 피를 토해서 그릇 하나를 가져오라고 했더니, 올케가 새로 산 커다란 화채 그릇을 가지고 왔다. 그 와중에도 보살님은 그것을 보더니 헌 그릇을 가져오라고 했다.

"그거 새 그릇이에요. 나중에 제가 쓸 거예요."

죽음 앞에서도 보살님은 물건을 아까워하고 있었다. 순간 가슴이 무척 아팠다. 보살님은 결국 헌 그릇을 끌어안았다. 밖에서 그 모습을 본 오빠가 "이 병신아, 지 죽는 줄도 모르고……" 하며 통곡했다. 헌 그릇을 앞에 놓고 한참 피를 토하고 또 물을 마시고 토하는 그녀. 두 시간 분량의 죽음이 링거병에 담겨 보살님의 몸에 뚝뚝 떨어지고 있었다.

"스님, 이 물 좀 드셔보세요. 물이 너무 맛있어요. 우리 큰오빠가 2백만 원이나 주고 산 정수기 물이에요."

보살님은 내 옷자락을 붙잡은 채 계속 물을 마셨다.

나는 한 여인의 준비하지 못한 죽음 앞에서 비록 늦었지만, 지금이라도 편안히 임종할 수 있게 준비를 해드려야겠다는 생각이 들었다.

"스님! 저에게 이틀만 시간을 더 주시라고 부처님께 빌어주세요. 제가 더 살 수 없다면 단 이틀만이라도……"

"보살님, 이틀 동안 하시고 싶은 일이 있으세요?"

"엄마 돌아가신 지 올해로 3년째인데, 먹고산다는 핑계로 매일 나중으로 미루다가 사모제思慕祭 지내고 아직 한 번도 못 찾아갔어요. 우리 엄마에게 딸은 저 하나뿐이에요. 엄마께 가서 용서 빌고, 또 부처님께 그동안 거짓말했던 것 용서받아야 해요. 돈 많이 벌게 해주면 좋은 일도 하고 불사도 하겠다고 약속해놓고 초파일엔 절에도 제대로 못 갔어요. 스님! 이틀만 더 살게 도와주세요."

생의 막다른 골목에 다다른 그녀의 애절한 눈빛에는 삶에 대한 열망이 담겨 있었다. 죽음 앞에서 너무나 무력한 우리. 아무것도, 정녕 아무것도 해줄 게 없을 때 오는 이 허탈감…… 링거에서 떨어지는 방울을 바라보며 환자는 사무치게 아미타불을 찾았다. 그리고 나는 부처님께 기도했다.

'부처님, 뿌연 안개처럼 사라져가는 이분을 거두어주

소서. 부처님의 손길 닿는 순간부터 모든 고통과 두려움
에서 벗어나게 하소서. 희미하게 꺼져가는 모진 목숨, 당
신께 맡기오니 마지막 가는 길 고통 중에도 당신을 잊지
않게 도와주소서.'

그렇게 나의 기도는 오랫동안 이어졌다.

"스님, 저는 어쩌면 좋아요. 저 어떻게 죽어요. 저 어디
로 가는 걸까요? 너무 두렵고 무서워요. 저 같은 사람도
극락에 갈 수 있나요?"

"그럼요. 부처님께서 모시러 오시지요."

"스님, 저 얼마나 남았지요? 벌써 두 시간 지났잖아
요?"

"그렇군요. 아마도 부처님께서 보살님을 정말 어여삐
여기셔서 준비를 좀 더 하고 오라고 시간을 주실 모양이
에요."

그녀의 시아버지는 술에 취해 거실 소파에서 졸고 있
었고, 남편과 오빠들은 어찌할 바를 몰라 거실에서 주춤
거렸다. 저 멀리에서는 무정하게도 죽음의 열차가 달려
오고 있었다. 급히 보따리를 싸야 한다면 정성을 다해 싸
는 일을 돕는 것이 호스피스를 통해 영적 돌봄을 제공하
는 영적 돌봄가의 사명이다.

〈아미타경〉을 펴놓고 충분히 이해할 수 있도록 극락

세계와 아미타불의 원력을 가슴에 심어주고 확고한 믿음도 주어야 했다. 사람들은 죽음 앞에서 종교적인 성향을 강하게 보인다. 인간이라면 모두 다 영원한 삶을 원하기 때문일 것이다.

환자에게 임종 시에 십념왕생十念往生의 중요성을 집중적으로 설명하고 기도했다.

"부처님! 당신의 제자가 이제 병든 이 육신을 끌어안고 당신께 돌아갑니다. 오직 원하옵나니 서방정토에 태어나기를 발원하옵니다. 지금 이곳으로 오시어 우리 보살님의 모든 두려움 거두어주시오며 당신의 품 안에서 편히 잠들게 하옵소서! 당신의 사십팔원四十八願만을 믿고 그 나라에 가서 태어나기를 발원합니다. 지금 이곳으로 오시어 우리 보살님의 모든 두려움 거두어주시오며 당신의 품 안에서 편히 잠들게 하옵소서! 당신을 부르며 떠나는 중생 여기에 있나이다. 나무아미타불."

우리는 함께 노래를 불렀다.

"스님, 그럼 단 하루만요. 하루만이라도 더요. 스님, 저는 자식 못 낳은 스트레스 때문에 병에 걸린 것 같아요. 우리 시아버지가 나를 얼마나 못살게 했는데요. 특히 시어머니 성화는 말로 다 할 수가 없어요. 돈 많이 벌어 의학이 발달하면 어떻게라도 낳아보려고 미친년처럼 돈 버는 것밖에 몰랐어요. 난 저 밖에 있는 사람들 용서할 수 없어요. 이 집, 제가 번 돈으로 지은 건데……"

그렇게 말하면서 보살님은 물을 계속 마셨다.

"스님! 물이 정말 맛있어요. 난 물이 이렇게 맛있는 줄 몰랐어요. 스님도 한번 드셔보세요."

작은 올케는 링거에서 떨어지는 방울만 쳐다보다 결국 보살님에게 달려와 붙잡고는 울음을 터뜨렸다.

"스님! 모두 울지 말라고 해요. 왜 우는 거야? 이제 정말 시간이 얼마 남지 않았나요?"

보살님은 떨리는 목소리로 물었고, 나는 눈빛으로 대답했다.

"스님! 기도해주세요. 제가 죽어야 한다면, 전 그럼 극락에 꼭 태어나야 해요."

보살님은 평소에도 손님이 없을 땐 가게에서 관세음보살을 염했다고 했다. 그렇게 보살님의 옆에서 손을 꼭 잡고 기도하다 보니 오후 7시가 다 되었고, 보살님은 살포시 잠이 들었다.

화장실에 가려고 잠시 일어서려 하는데, 그녀가 갑자기 눈을 뜨며 나를 붙잡았다.

"안 돼요. 가지 마세요. 그냥 여기 있어주세요."

나는 간신히 그녀를 달래고서야 화장실에 다녀올 수 있었다.

"보살님, 고운 사람은 착하고 어진 사람은 결국 모두를 용서하더군요. 우리도 떠나기 전에 모두 용서해줍시다. 아마 아미타부처님께서도 무척 기뻐하실 겁니다."

그녀는 눈빛으로 그러겠노라 대답했다.

나는 먼저 시아버지를 불렀다. 그리고 두 분의 손을 맞잡게 했다. 그러자 그녀는 눈물을 흘리며 시아버지에게 말했다.

"용서하세요, 아버님. 저 먼저 이렇게 갑니다."

그 소리에 시아버지는 눈물을 흘렸다.

"미안타, 미안혀. 다 내가 잘못했다. 용서하거래이."

"애비하고 좋은 집에서 오래오래 사세요."

"미안타, 정말 미안해. 용서해주고 가거래이. 이 늙은 이를……"

"아니에요, 아버님. 저를 용서해주세요."

그리고 남편이 들어왔다.

"진작 말하지 못해 미안해, 여보! 당신이 이렇게 허무하게 갈 거라곤 형님이나 나 역시 조금도 생각 못 했어. 잘못했어. 평생 고생만 죽도록 시키고……"

남편도 아내 가슴에 얼굴을 묻고 하염없이 울었다.

"자식도 하나 없이 이렇게 떠나서 미안해요. 용서하세요. 다음 생에 다시 만나요."

용서를 빌어주다 보니 마음이 편안해졌는지 보살님은 남편에게 살짝 미소까지 띠었다.

"나, 당신 다시 만나도 되지?"

"응, 그럼. 우리 다시 만나자."

남편이 아내를 끌어안고 "사랑해"라고 말하며 눈물을 흘리자, 보살님은 나를 보며 "스님, 우리 신랑이 저에게 사랑한다고 말하는 거 처음이에요." 하며 행복해했다.

"날 데리고 살아줘서 고마웠어요."

"아니야. 너무 미안해. 그동안 고생만 시켜서."

"이제 아무도 울지 말아요. 그리고 같이 기도해줘요. 나를 위해서……"

시간은 어느덧 밤 11시가 되었다. 방 안에는 피비린내가 진동하고 거실에는 여전히 통곡이 이어졌다. 나는 보살님께 물었다.

"다음 생에는 어떻게 태어나고 싶으세요?"

"스님! 저 다음에 다시 태어난다면 아기를 낳고 싶어요. 그렇게 되도록 기도해주세요."

"나무아미타불."

"갈 시간이 얼마나 남았나요?"

"보살님, 두려워 마세요. 제가 곁에 있을 거예요. 부처님께서 오셔서 보살님 모시고 가시는 것, 제가 다 지켜보고 갈 거예요."

그녀는 마지막 가는 길에 내가 있어 외롭지 않았노라는 감사의 말도 잊지 않았다. 우리는 헤어질 시간이 가까워지고 있음을 알았다.

몸을 향물로 닦아주고 새 속옷도 갈아입히려고 하자, 보살님은 조카가 결혼할 때 얻어 입었던 한복을 입고 싶다고 했다. 그래서 한복을 찾아 입혔다.

새벽 2시가 되자, 보살님은 숨을 거세게 몰아쉬었다. 사지는 이미 힘을 놓은 듯했다. 죽음이 다가오면 누구나 이와 같을 수밖에 없다. 인간의 한 세상이 풀잎 끝에 맺힌 이슬인 줄 진정 알고 산다면 이토록 질기지는 않을 것을…… 육체는 힘을 잃어가지만, 정신은 말짱했다. 이제는 힘이 없어 빨대로도 물을 삼키지 못했다. 나는 숟가락으로 물을 떠 넣어주며 계속 아미타불을 불렀다. 그녀도 필사적으로 나와 함께 아미타불을 염송했다. 그러더니 갑자기 더 큰 소리로 염불을 하기 시작했다.

우리가 놀라서 "보살님, 힘들어요. 마음속으로 천천히 하세요"라고 말하자, 갑자기 창밖을 향해 손짓했다.

"부처님께서 오셨군요."

내 말에 보살님은 고개를 약간 끄덕였다.

그와 동시에 갑자기 방 안에 진동하던 피비린내가 싹 가셨다. 참 신기했다. 보살님이 숨을 천천히 몰아쉬었다.

"스님!"

나는 고개를 끄덕였다.

"우리 신랑, 장가 좀 꼭 보내주세요. 옷도 제대로 못 챙겨 입어……"

그러면서 스르르 눈을 감아버렸다.

"보살님, 제 염불 소리 들려요?"

보살님이 머리를 흔들었다. 나는 광명진언光明眞言(비로자나불에 대한 29자 진언으로, 비로자나불의 광명이 비추면 깊은 죄업과 어둠도 깨어진다)을 염송했다.

"아미타불의 광명 속에 하나 되소서!"

보살님은 마지막 물 한 모금을 더 마시고 아주 평화로운 모습으로 새벽에 임종했다. 추운 날 새벽인데도 밖이 환했다. 한순간 나는 아침이 된 줄만 알았다. 그런데 임종 시간이 새벽 4시 40분이라는 말을 듣고 깜짝 놀라 문을 열어보니 깜깜한 밤이었다.

'아! 아, 부처님의 광명이었으리라. 아미타불.'

내 가슴에도 환희가 넘쳐흘렀다. 밤새도록 보살님과

함께 있었지만 조금도 피곤하지 않았고, 넘치는 기쁨에
전율이 전해졌다.

"오! 부처님."

합장하고 창문을 향해 서서 한참을 바라보았다. 한복
을 입고 누운 그녀의 모습이 얼마나 아름답던지……

임종 예정이 두 시간에서 약 열여덟 시간으로 연장되
면서 일념으로 아미타불을 염송하며 정토왕생 발원을
서원 세우고, 그녀는 극락세계에 대한 확실한 믿음을 보
여주었다. 교리에 밝은 불자는 아니었지만 신심은 참으
로 순수하고 지극했다.

'그대, 외로운 혼만이 홀로 여래를 따르네.
인생사 그 허망함이여!
실낱같이 가냘픈 마음, 초로의 인생이더라.
태어남은 무엇이고 돌아감은 무엇인가.'

천상의 성스러운 향기가 피비린내를 모두 소멸하고
그윽한 연꽃 향기 살포시 내려앉을 때,
그녀는 부처님의 품에 안겨 정토를 향해 길을 떠났다.
거룩하고 성스러운 임종 앞에 모두 엄숙한 분위기로 고
인의 정토왕생을 빌었다.

불교는 자비심으로 힘을 삼는 종교이다. 환자가 내 옷을 움켜잡은 것은 죽음의 벼랑 끝에서 삼보를 의지하려는 간절한 믿음이었으리라.

'잘 가시옵소서. 거룩한 보살님! 나무아미타불.'

어디서 와서 어디로 가는가

수 많은 사람들은 죽음 이후에 어디로 가는지 끝내 묻지도 못한 채 허겁지겁 이생에서 사라져간다.

스물여덟이라는 젊은 나이에 폐암으로 투병하며 내 마음을 아프게 했던 순영 씨. 순영 씨는 고등학교 때부터 담배를 피우기 시작했다. 온갖 힘든 직업을 갖고 담배를 많이 피웠고, 공기도 잘 통하지 않는 공간에서 일하다 스물일곱 살에 폐암 말기 선고를 받았다.

들어놓은 보험 하나 없이 혼자서 이리저리 떠돌며 투병 생활을 하다가 정토마을을 만났다. 자식이 죽어가는 이 순간에도 철부지 같은 엄마와 공부가 아직 끝나지 않은 동생들…… 돌봐주는 사람 하나 없이 순영 씨 혼자

1년 동안 얼마나 버둥거렸는지 모른다. 그녀는 더 이상 삶에 대한 애착이 없어 보였다. 다만 너무 고통스럽지 않게 죽을 수 있도록 도와달라는 말만 했다.

"내 인생에서 지난 스물여덟 해는 너무 길고 무거웠습니다. 이제는 모든 것에서 벗어나 부처님 품으로 가고 싶어요. 한 번도 행복했던 기억이 없어요. 미련도 후회도 없습니다."

체념과 원망으로 점철된 그녀의 숨결 하나하나가 고스란히 고통이 되어 내 가슴에 알알이 박혔다.

"동생들과 어머니는?"

"모르겠어요. 이젠 정말 몰라요. 동생들도 이제는 대학 다니고 군대 갔다 오면 자신들 삶을 살 수 있지 않겠어요. 이제는 나만 생각할래요. 스님, 그래도 되지요?"

너무 애처롭고 가여웠다.

"그렇게 하고 싶은 거군요. 그렇게……"

열심히 고개를 끄덕였지만 나는 그녀의 심정에 공감하며 등을 쓰다듬어줄 뿐, 달리 아무 말도 할 수 없다.

순영 씨가 문득 자신이 죽으면 아버지를 만날 수 있는지 물어와, 조심스럽게 물었다.

"아버지를 만난다면 어떻게 하고 싶으세요?"

그러자 순영 씨는 갑자기 눈물을 쏟았다.

"따질 거예요, 아버지께. 왜 그렇게 빨리 가셨냐고요. 이 세상에는 희망이 없지만, 저세상에 대해서는 희망을 갖고 싶어요."

"희망을 얻게 되면 어떨 것 같아요?"

"행복하고, 기쁘고, 사는 게 의미 있을 것 같아요. 다음 생에서는 좋은 인연 만나고 싶어요. 스님, 어떻게 하면 될까요?"

"죽어서 좋은 나라에 태어나면 누구랑 살고 싶은데요?"

"아버지요. 우리 아버지는 정말 좋은 분이셨어요. 사고로 일찍 돌아가셨지만, 아마도 아버지가 부처님 곁에 함께 머물면서 저를 지켜주실 거예요. 스님이 저를 꼭 부처님 계신 곳으로 보내주셔야 해요."

"그렇구나. 아버지를 만나서 같이 살고 싶구나……"

순영 씨의 표정이 조금 밝아졌다. 그녀는 그때부터 아미타불을 배워 간신히 입을 움직이며 아미타불을 불렀고, 극락세계에 태어나기를 발원하며 아미타불을 멈추지 않았다.

그래서였을까. 암세포가 온몸에 퍼진 폐암 말기 상태에서도 호흡은 평온했고 의식상태도 좋았다. 가만히 가만히 힘들지 않게 잿불이 사그라지듯 고요히 이승을 떠났다. 떠나는 모습에서는 고통보다 평화로움이 느껴졌다. 아마도 저세상은 참 평화롭고 자유로운 세상일 것이다. 순영 씨는 지금쯤 극락에서 아버지를 만나 행복한 한때를 보내고 있으리라.

죽음을 맞는 이가 다음 생의 모습을 구체적으로 발원할 수 있도록 돕는 일도 호스피스의 중요한 소임 가운데 하나이다. 그들이 어떤 모습으로 다음 생을 맞이하고 싶은지, 그러기 위해선 무엇을 어떻게 준비해야 하는지 옆에서 조언해주고 돕는다.

더 이상 고통과 괴로움이 없는, 아미타불께서 본존불로 계시는 극락세계로 가고자 하는 서원을 세우면 갈 수 있다. 그 나라에 태어나고자 일념으로 염불한다면, 악도에 떨어지지 않고 반드시 불국토에 태어날 것이다.

윤회를 통한 재생의 삶은 선택이다. 다음 생에 어떤 존재로 다시 태어나고 싶다는 욕망을 일으키는 순간, 자신이 살아온 습기에 따라 그대로 이 세상에 재현되는 것이다. 따라서 또 다른 생도 그 연장선 위에 놓일 수밖에 없다.

임종이 가까워지면 간혹 다시는 태어나지 않겠다, 한 마리 나비로 태어나겠다, 심지어 길거리에 나뒹구는 돌멍이로 태어나고 싶다는 이들도 있다. 이 지긋지긋한 생을, 그리 살아온 자신을 용서하지 못해서 터져 나오는 탄식이다.

다음 생에 다시 사람으로 오고 싶은 것이 많은 사람의 마음이다. 우리는 또다시 사람으로 태어나 더 나은 삶을 추구하고픈 소망을 품을 수밖에 없다. 그래서 우리는 더 잘 살아야 한다. 그래야 잘 죽을 수 있고, 더 나은 삶과 만날 수 있지 않겠는가. 좋은 나라, 좋은 부모와 형제, 지혜와 공덕이 원만하여 정신도 육체도 건강한 몸을 받아야 또 한 생을 원만히 살아내지 않을까.

선업은 선과를 얻게 하고, 악업은 악과를 얻을 수밖에 없는 자연의 법칙 안에서, 각자 자신의 삶을 어떻게 살아야 하는지 성찰하면서 선업의 종자를 마음 땅에 뿌리는 실천을 한다면 다음 생에 더없이 좋은 결과를 얻게 되지 않겠는가!

삶은 죽음이란 통로를 지나 다시 생을 얻고, 생을 얻게 되면 다시 삶으로, 삶에서 다시 죽음의 통로로 이어지면서 재생 반복한다. 그러므로 죽음은 새로운 생명과 삶을 얻기 위한 통로이자 영적 성장을 위한 과정이 아니겠는가.

언젠가 이 세상에 없을 당신에게

태어난 모든 존재는 죽음이라는 과정을 통과하지 않을 수 없다. 부처님께서는 물질의 무더기, 느낌의 무더기, 생각의 무더기, 의도의 무더기, 인식 작용의 무더기 등은 그 성질이 무상이라 하셨지만, 고백하건대 수없이 많은 죽음을 지켜본 나도 마음속 깊이 죽음에 대한 두려움을 가지고 있다. 육체는 물질이고, 그 물체 속에 깃든 의식은 정신의 집합체라고 머리로는 이해하고 있지만, 가슴으로는 수용하지 못할 때가 많다.

수없이 많은 죽음을 보고 또 보던 어느 날, 우리가 죽음이라고 부르고 알고 있는 그것이 가지고 있는 성질이 확 보였다. 죽음은 도구이다! 또 다른 삶을 잇는 다리 또는 통로와 같다.

'죽음'이라고 불리는 그 과정이 없다면, 태어난 존재의 생태는 어떻게 될지 참 막연해진다. 태어났기에 끝이 있고, 그 끝은 또 영원한 끝이 아니다. 시작을 품은 씨앗이다. 그렇다면 죽음은 모든 생명체에게 축복이며 희망이 아닐까. 환자의 심장이 멎고 육체가 식어갈수록 얼굴에는 평온함이 감돌고, 고통 한 점 없는 쾌청한 허공처럼 보일 때가 많다. 그럴 때마다 죽음이라는 현상에서 얻을 수 있는 이익을 생각해보면 존재의 물질적 소멸이 가능하다는 사실은 참으로 모든 존재에서 다행스러운 일이 아닐 수 없다.

"죽으면 어떻게 될까요? 선한 일도 못 하고 일상에 쫓겨 죄만 짓고 살았는데…… 저는 어떻게 되나요?"

죽음 앞에서 불안해하는 환자에게 나는 "아미타불"을 계속 반복해 부르게 한다. 아미타불은 영원한 생명의 빛을 의미한다. 아미타불은 임종 시 우리의 영혼을 맞이하러 오신다. 이런 믿음은 내가 죽어가는 환자들 곁에서 염불하면서 실제로 경험한 사실이다.

마지막 한 호흡까지 염불을 하시던 예순일곱의 보살님이 있었다. 환자가 임종한 병실에선 미묘한 향기가 진동했고, 부처님께서 자신을 데리러 왔으니 극락으로 먼저 간다고, 스님도 나중에 그곳으로 오시라고, 그곳에서 다시 만나자는 마지막 말씀을 남기고 웃으면서 떠났다.

예순네 살의 위암 환자는 종교가 없는 분이었다. 2남 3녀를 둔 차분하고 강직해 보이던 환자는 늘 "나는 나를 믿는다!"라고 말했다. 무엇을 믿느냐고 물어보면, "착하게 살아왔으니 착한 곳으로 가겠지유." 하면서 웃곤 했다

"착한 곳을 갈 수 있는 길이 있는데…… 알려드릴까요?" 하자 그러라고 했다.

"자, 이렇게 하면 저절로 길이 생기게 될 거예요."

"어떻게유……?"

"아미타불, 아미타불, 아미타불……" 하고 계속 외우면 착한 곳으로 가게 된다고 말했더니, 좋아라했다. 그 후로 환자는 아미타불의 '미' 자는 꼭 빼먹고 "아타불, 아타불." 하고 염불했다.

내가 "아미타불인데……" 그러면, "기운이 없어서……" 하며 또 "아타불……" 했다. 그렇게 두어 달 하고 떠나시기 나흘 전, 손짓으로 나더러 들어와 당신 곁에 앉기를 권했다.

"저기, 그게 꿈은 아닌 것 같은디…… 스님 주문 때문에유. 길이 다 만들어졌시유. 그래서 지가 저승에 갔다 온

것 같은대유."

"어떻게요?"

"'아타불' 하면서 가만히 눈을 감고 있는데, 저 마당에
여러 가지 꽃으로 만들어진 엄청 좋은 마차가 서 있고,
어린아이가 날 더러 타라고 해서 탔더니 꽃마차가 연꽃
이 무지하게 많이 핀 들판을 지나서 엄청 긴 다리를 건너
꽃과 나무들이 끝없이 늘어선 길을 한참 달려가더만유.
내리라 해서 내렸더니 이제 이곳에서 살게 될 거라더만
유. 목이 말라서 개울에 흐르는 맑은 물을 먹어도 되겠냐
고 물었더니 그러라고 해서 마셨는데 물맛이 달고 시원
한 게 그리 상쾌하고 좋더만유. 그동안 물 먹기도 힘들었
는디…… 창자가 다 시원하데유……"

빛이 하늘에서 아지랑이처럼 당신 몸에 내리는데 몸이
새털처럼 가볍고 좋아서 병이 다 나은 줄 알았다고 했다.

"그런데 어떻게 돌아오셨어요?"

"그 아이에게 부탁했지. 내가 살던 데 잠시 갔다 와야
할 일이 있다고……"

소도 새끼 낳을 때가 되어가는데 어떻게 하라고 일러
주어야 하고, 작은애(작은아들은 객지에서 번 돈을 모아
아버지께 소를 사드렸고, 아버지는 소를 키워 새끼를 낳
으면 팔아서 통장에 작은아들 몫으로 저축을 했다) 결혼

식 때 집이라도 한 칸 사주려고 모아둔 돈도 집 식구에게 맡겨야 하고…… 정리할 게 있다고 잠시만 같이 가자고 했단다.

"좋았시유…… 암만, 그러면 최고지."

만족해하는 모습을 보며 웃었던 기억이 난다.

아내가 퉁명스런 목소리로 "나도 없는디, 그기가 그리 좋시유?" 하자, 고개를 끄덕끄덕이며 웃더니 "당신도 애들 하고 잘 살다가 그기로 와." 했다.

"저 양반 참말로 죽을란가부네. 그기가 어딘 줄 알고 찾아가유."

"저기 시님께 물어보면 되야."

그분은 나흘 동안 더 지내며 아들딸 다 만나고, 새끼 밴 소도 부탁하고, 베개 안에 넣어둔 통장도 위임했다. 아내와 나에게 가무잡잡하고 마른 얼굴에 환한 미소를 선물로 주고 "아타불, 아타불"을 부르면서 마지막을 맞았다.

천국을 소망하고 꿈꾸는 사람은 천국을 경험하게 될 것이고, 극락을 꿈꾸며 소원하는 사람은 극락에 태어나게 될 것이다. 이것은 나의 신념이다. 당신은 죽음에 대해 어떤 신념을 가지고 있는가?

생명은 우주 그 자체이며, 생명의 빛은 허공의 공기처럼 출렁이며 더 함도 덜 함도 없이 여여부동함으로 다가온다. 넘어야 할 죽음이라는 과제를 안고 살아가는 우리, 먼저 죽음에 다가서는 사람에게 힘이 되어주었으면 좋겠다. 우리의 도움은, '나'라는 주체는 죽음으로 인해 영원히 사라지거나 아니면 지은 죄 때문에 지옥에 떨어져 백천 겁을 지나도 벗어날 수 없다고, 그것이 죽음이라고 이해하는 사람이 있다면 미약하나마 희망이 될 수 있으리라 믿는다.

부지런히 일하면서 이웃과 함께 선하게 살려고 노력하는 사람을 보면 참 아름답다. 다른 이에게 고통을 주고 눈물을 흘리게 하는 말과 행동을 삼가고, 자신의 마음을 잘 단속하면서 살아야 한다. 삶이 고통스러울 때마다 고통의 원인을 깊이 숙고하여 참회하고 다시 짓지 않으면서 용서와 화해, 이해와 사랑으로 품어 안을 수 있다면 우리의 삶도 꽃처럼 피어나고 업도 정화되고 가벼워질 것이다.

그러면 무엇이 문제가 되겠는가. 아무것도 걱정할 것이 없다. 모든 것이 다 올바른 데로 돌아갈 것이다.

집으로 온다

자재병원에서 결혼 30주년을 기념하는 소박한 이벤트가 열렸다. 아내는 난소암 말기로 여명을 얼마 남겨두지 않았고, 아내와 같이 마트를 운영하던 남편은 아내가 아프자 타인에게 가게를 맡기고 아내 간병에 온 마음을 기울였다. 그들 사이에는 아들 셋과 딸이 하나 있는데, 모두 결혼해 어린 자녀가 있고 직장에 다니다 보니 병간호가 쉽지 않았다. 그래서 남편이 아내 곁을 지키게 되었다. 아내는 피부가 뽀얗고 통통해 웃는 모습이 참 사랑스러웠다. 남편과 오래 같이 장사를 해서 그런지 부부의 정이 남달리 깊어 보였다.

결혼 30주년을 기념하는 소소한 파티가 자재병원에

서 열렸고, 남편이 아내에게 소원을 물었다.

"여보, 당신 소원이 있을까?"

"그럼, 당연히 있지."

"뭔데?"

"응, 나는 날마다 생각이 날 때마다 죽어서라도 우리 집에 가겠다고 다짐하고 기도해."

남편은 눈을 크게 뜨며 "집으로 온다고?" 했다.

"응, 우리 집 크라운 아파트로 돌아오겠다고."

남편은 스님을 향해 고개를 돌리며 말했다.

"우리 마누라가 죽어서 집으로 오겠답니다! 스님!"

아내는 남편에서 퉁명스럽게 쏘아붙였다.

"그럼 나보고 어디로 가란 말이야! 나는 결혼해서 지금껏 당신하고 집, 마트, 마트, 집 이렇게만 하고 살아서 아는 데가 한 군데도 없어. 집에 안 가면, 나보고 죽어서 마트에 와서 장사라도 하라는 거야?

아내는 답답하단 표정을 지었다.

남편은 달래듯 말했다.

"아니, 아니. 당신이 죽고 나면 몸이 없는데 어떻게 마트에서 장사할 수가 있겠어! 그게 아니라 극락정토나 부처님 나라에, 그것도 아니면 사람으로 다시 태어나야지."

아내는 남편에게 화를 냈다.

"싫어! 나는 당신하고 절대로 헤어지고 싶지 않아. 우리가 같이 번 돈도 많고, 이제 슬슬 여행이라도 하면서 재미나게 살고 싶었는데 내가 아프니 아무것도 할 수 없고, 의사가 죽는다고 하니 죽어서라도 나는 집으로 갈래. 그 아파트를 우리가 어떻게 샀는데, 나보고 집에 오지 말고 떠나라고 해! 당신, 나에게 그런 마음 가지면 천벌 받는다. 나는 다시 태어나는 것도 싫고 천국도 만국도 다 싫어!"

환자는 내쪽을 돌아보더니 "스님, 천국이나 만국이 있기는 해요?" 하고 물었다.

나는 환자에게 친절하게 설명해주었다.

"혹시 서방정토 극락세계를 만국이라고 하시나요?"

"아, 스님도 우리 남편과 똑같네. 천국은 하늘나라이고, 만국은 만 사람이 다 갈 수 있는 곳 아니에요?"

"맞아요, 만 사람이 다 갈 수 있는 곳은 바로 지옥, 귀신, 축생, 아수라, 인간, 천상 등 여섯 갈래의 길이 있는데 이 길은 만 사람이 다 갈 수 있는 만도萬道입니다."

환자가 싱긋 웃었다.

"스님이 농담도 잘하시네. 스님, 저 죽어서 집으로 가면 왜 안 돼요? 내 집인데 내 집에 내가 가겠다는데 누가 말려요. 나는 죽어서도 내 집에서 살 겁니다."

"네, 집에서 계속 살고 싶으시군요. 그럼, 육신이 있는 남편과 육신이 없는 아내가 같이 한공간에서 살게 되겠어요."

환자는 따지듯 물었다.

"그게 뭐가 나빠요? 우리 남편은 평소에 나 없이는 못 산다고 했어요. 저 양반에게 한번 확인해보세요. 진짜예요. 진짜."

창밖을 바라보고 선 남편은 말이 없었다.

"우리 환자분은 죽고 난 이후에도 남편분과 같이 살던 아파트로 돌아가겠다는 거죠?"

환자는 확신에 찬 목소리로 크게 말했다.

"그럼요! 바로 그거죠. 내가 마트도 지켜주고 집도 지켜주고 우리 남편 힘들지 않게 곁에 있어도 주고, 얼마나 좋아요. 스님 저 이리 보여도 의리 있고 정이 많아요."

"네, 그런 것 같습니다."

죽어서 집으로 가겠다고 우기는 환자를 보면서 나도 말문이 막혔다. 잘못 말하면 상처받을 것 같고, 바르게 말하면 받아들이지 않을 것 같았다.

파티는 집으로 가겠다는 아내의 거친 항의 때문에 대충 끝이 나고 3일 뒤 다시 그 환자의 병실을 방문했다.

"스님, 저 양반이 말을 통 안 해요. 스님이 좀 물어봐 주세요. 무엇 때문에 말문을 닫아걸었는지요."

남편은 그날 이후 말을 잘 안 하는 눈치였다. 내가 남편에서 무엇 때문에 말문을 닫았는지 물었다. 남편은 표정도 대답도 없었다.

잠시 뒤 상담실로 남편을 불러 다시 묻자, 남편이 하소연했다.

"스님, 나는 우리 마누라 죽고 나면 따라 죽든지 해야지 못 살겠습니다. 평상시에도 내가 어딜 갔다 오면 바람을 피우고 왔다고 생떼를 부리곤 했는데. 저 성질에 죽으면 곧바로 집으로 올 텐데 내가 무시비서 우찌 살겠습니까. 죽든지 이사 가든지 해야죠. 못 살겠습니다. 또 마트는 우짜고예. 죽어가지고 귀신이 되어서 마트에 진 치고 있다고 하면 손님이 오겠습니까? 어떻게 설득을 해야 죽어서 집으로 오지 않을까요? 거—참. 나는 증말로 못 삽니다. 죽어서까지도 같이 살자 하면요. 내가 잘 보내주려고 이렇게 7개월째 간병도 잘하고 있는데…… 스님 무슨 방법 없을까요?"

"알겠습니다. 보살님이 육신을 벗고 잘 떠나가서 집으로 돌아오는 것이 아니라 또 다른 사람으로 태어날 수 있도록 이해시켜 보입니다."

달리 남편을 위로할 말이 없어서 일단 안심을 시키고, 죽음 앞에서 선 환자에겐 극락과 윤회로 안내하는 아미타불에 대해서 이야기해야겠다고 생각했다.

한참 하소연을 하던 남편은 상담실 문을 열고 나서면서 혼잣말을 했다.

"뭐라고!!! 집으로 온다고!!! 내가 미치지, 미쳐!!!"

언젠가 이 세상에
없을 당신에게

4

내가 이 세상에 와서 당신을 만난 것,
사랑하고 싸우고 미워하고 편들며 산 것,
추억을 만든 것.

그것이 햇빛에 반짝이며 흘러가는 강물의 윤슬처럼
얼마나 아름다운 꿈인지
지금 바로 알아차릴 수 있다면.

희망은 우리를 춤추게 한다

　세상이 늘 칠흑 같은 어둠으로 가득하다면 어떨까. 아마 우리의 삶은 몹시 불행할 것이다. 그러나 다행히 우리가 사는 세상은 그렇게 혹독하고 끔찍하지만은 않다. 밤하늘의 달빛은 우릴 환하게 비추고 별빛은 어둠 속에서 더욱 아름답고 찬란하게 하늘을 밝히고 있다. 그렇게 밤이 지나면 푸르른 새벽이 온다. 절망과 시련, 슬픔의 밤이 깊다고 해도 시간이 흐르면 푸르른 새벽이 오기에, 우리는 오늘 하루도 희망차게 살아갈 수 있다.

　무언가에 열정적으로 집중하며 가슴 벅찬 꿈을 꾸어본 적이 있는가. 그런 시간이 있었다면 그 꿈속에는 희망이 담겨 있을 것이다. 그것이 무엇이든 나에게도 기쁨이고 다른 사람들에게도 기쁨을 줄 수 있다면 그 꿈은 더욱 힘차게 날갯짓을 할 것이다.

그런 의미에서 나는 죽음의 여정을 앞둔 사람들을 도와야 한다고 생각한다. 그들이 희망을 꿈꿀 수 있을 때 우리도 함께 희망을 꿈꿀 수 있기 때문이다. 삶의 마지막 순간을 앞둔 누군가의 곁을 돌본다는 것은 그이에게 더 밝고 환한 삶에 대한 희망을 심어주는 일이다.

돌봄에는 물리적인 것, 심리적인 것 등이 포함되지만, 내가 가장 중요하게 생각하는 부분은 바로 '종교를 통한 영적 돌봄'이다. '행복하게 떠나야 그 떠남이 행복으로 이어진다'라는 연기 법칙에 근거한 나의 철학이다.

영적인 상태가 고요하게 유지될 때 환자는 비로소 평화로운 또 다른 삶으로 이어질 수 있다. 오랫동안 수행을 해온 사람이라면 죽음에서 자유로워져 스스로 근원으로 돌아갈 수행력을 갖추고 있을지도 모른다. 하지만 애석하게도 그런 사람은 그리 많지 않다. 그렇기 때문에 우리는 임종을 앞둔 환자의 종교를 통한 평화와 구원에 대한 믿음이 흩어지지 않도록 마지막까지 힘이 돼주어야 한다.

이생이 아무리 고달프고 힘들더라도 사람은 결국 이 지구라는 별로 다시 돌아오고 싶어 한다. 나는 불교의 가르침을 전하는 수행자로서 이러한 꿈이 실현될 수 있는 방법으로 정토에 태어나는 길에 대해 이야기하고 싶다. 이러한 내용은 정토신앙과 맞닿아 있는데 많은 논서들을 통해서 확인할 수 있다. 나는 죽은 기억이 없고, 이생에서 죽어보지 않았으니 스승들의 가르침을 따르고 믿는 수밖에 없지 않겠는가.

정토에 태어나기 위한 방법으로 염불수행을 권한다.

일반적으로 음률 없이 하는 염불은 '칭념'이라고 하고, 음률을 넣어서 하는 염불은 '창념'이라고 한다. 죽음을 앞둔 사람들이 수행하기에는 기력 소모가 적고 힘이 덜 가는 칭념을 추천한다. 중병 또는 임종을 하는 사람은 기가 부족하고 정신력이 쇠약하여 창념을 따라하기가 어려우므로 칭념을 하는 게 적합하다. 염불 수행의 핵심은 믿음과 발원을 가지고 '나무아미타불'을 반복해 부르는 것에 있다.

어떤 종교적 신념을 가지고 있더라도 가장 중요한 것은 이 믿음과 발원이다. 마지막 순간이 올 때 조금의 의심도 없이 다음 생에 대한 믿음으로 죽음의 여정에 임해야 한다. 죽음에 가닿는 순간이야말로 다음 생으로 이어지는 최고의 기회이며, 이것을 아는 것이 참으로 중요하다.

삶에만 전략과 계획이 필요한 것이 아니라 죽음에도

전략과 계획이 필요하다. 어떻게 죽을 것인지, 어디로 가고 싶은지 함께 생각하고 준비해야 한다. 종교가 가진 구원의 정체성과 함께 평소 자신의 신념에 따라 죽음 이후의 또 다른 재생이 있다는 것을 알아야 한다. 그리고 이러한 신념으로 죽음을 앞둔 분들을 도와야 한다.

지금 이 순간에도 자재병원 병실에는 따스한 온기로 환자들을 돌보는 이들의 맑은 미소, 매 순간 삶에 집중하는 환자들의 행복한 마음이 피어나고 있다. 내가 지난 세월 동안 죽음을 돌보는 호스피스 활동가로서 험난한 가시밭길을 걷고 험준한 산을 넘을 수 있었던 힘은 오직 희망이었다. 지금은 비록 어둡고 컴컴하지만, 한 줄기 빛이 있으리라는 무모하지만, 결코 무모하지 않은 희망이라는 이름이었다.

우리 모두의 삶에 반드시 필요한 '잘 쉬었다가 기쁘게 떠날 수 있는' 정거장을 만들어 선물로 드리고 싶었다. 그 정거장은 돌보는 이들과 돌봄을 받는 모든 이들이 사랑으로 하나가 되는 감동이 있는 곳이다. 이곳에서 고통을 잊고 수채화 같은 삶을 살다 또 다른 삶에 대한 희망을 안고 떠나길 바란다.

슬기로운 삶과 죽음

초기 불교 경전인 〈작은업경〉에서는 행복한 삶을 구성하는 요건으로 "수명이 길고 병이 적으며 아름답고 체력이 강하고 부유하고 신분이 귀한 것"을 들었다. 이것은 옛날이나 지금이나 인간이 얻고자 하는 행복의 조건과 크게 다르지 않다. 그런 의미로 본다면 불행은 이것의 반대 개념인 '수명이 짧고 병이 많고 추하고 가난하고 천한 신분'이라고 할 수 있겠지만, 이것은 형식적 논리일 뿐 모든 경우에 다 해당하진 않는다.

불교에서는 행복과 불행을 결정짓는 요소를 업業에서 찾는다. 〈대업분별경〉을 보면 "악취에 재생하는 원인은 살아서 악업을 짓거나 죽을 때 사견을 지닌 경우이며, 선

취에 재생하는 원인은 살아서 선업을 짓거나 죽을 때 정
견을 지닌 경우"라고 쓰여 있다. 쉽게 풀이하면 선업을
행한 사람은 귀한 신분으로 장수하며 행복한 삶을 살 수
있지만, 악업을 지은 사람은 단명하거나 천한 신분으로
태어나 불행한 삶을 산다는 이야기이다. 이런 개념은 불
교에서 '선인선과善人善果 악인악과惡因惡果'라는 하나의 공
식처럼 정해져 있다.

하지만 나는 그동안 수많은 죽음을 지켜보며 불교에
서 말하는 업의 공식이란 것이 과연 무슨 의미가 있을까,
하는 의구심을 갖기도 했다. 죽음 앞에 선 자들의 고통
과 괴로움, 절망이나 분노가 그들이 행한 업 때문이라고
한다면 너무 가혹하기 때문이다. 더 이상 극복할 수 없는
고통의 한계에서 이를 꽉 물고 마지막 생을 버티는 모습
을 보면 선악이라는 분별은 사라진다. 어떻게 하면 저들
이 고통과 괴로움에서 벗어나도록 도울 수 있을까, 하는
고민만 남는다.

인간은 누구나 행복한 삶을 원한다. 그리고 행복한 삶
은 행복한 죽음과 연결된다. 이것은 인간이 살면서 추구
하는 물질적, 정신적 욕망과는 별개의 문제이다. 부유하
다는 것, 명예가 높다는 것, 육신이 건강하다는 것을 행

복이라 할 수도 있겠지만, 그것은 개인적인 척도일 뿐 일 반적인 척도가 될 수 없기 때문이다. 그러므로 무릇 이 세상에 생명이 나고 죽음에 있어 가장 중요한 행복의 척 도는 고통이나 괴로움 없이 잘 죽는 것이다.

21세기 들어 유행처럼 번진 '웰빙'이란 현상은 우리 사 회의 최대 문화코드 중 하나로 자리 잡았다. 웰빙이란 육 체적, 정신적 건강의 조화를 통해 행복하고 아름다운 삶 을 누리는 것을 말하는데, 이런 삶의 현상과 함께 '웰다 잉'에 대해서도 생각해볼 일이다. 웰빙처럼 웰다잉을 통 해 우리가 누리는 죽음의 질도 조금씩 높여나가야 한다.

잘 사는 만큼 잘 죽는 것도 인간이 누려야 할 행복의 기본 조건이다. 이것은 세계적인 종교인과 석학들이 죽 음 앞에서 행한 삶의 자세만 보아도 쉽게 알 수 있다. 미 국의 저명한 경제학자로서 반자본주의, 친사회주의, 반 전, 친 평화의 길을 걸은 스콧 니어링은 100세가 되던 해 에 단식을 시작해, 100일 동안 사랑하는 이들에게 작별 을 고하고 자연으로 돌아갔다.

또 무소유를 실천하며 맑고 향기로운 삶을 사신 법정 스님은 죽음을 목전에 두고 "생명의 기능이 나가버린 육 신은 보기 흉하고 이웃에게 짐이 될 것이므로, 조금도 지 체할 것 없이 없애주면 고맙겠다. 그것은 내가 버린 헌 옷이니까, 옮기기 편리하고 이웃에게 방해되지 않을 곳이라면 아무 데서나 다비해도 무방하다"라고 의연하게 말씀하셨다.

우리는 삶이 괴롭고 힘들더라도 죽음보다는 삶이 좋다고 말한다. 하지만 죽음이 끝이 아닌 더 나은 삶으로 이어지는 다리라고 생각하면, 죽음을 대하는 인식이 조금씩 변할 수 있을 것이다. 앞서 법정 스님께서 말씀하셨듯 죽음 후의 육신이란 헌 옷에 불과하지만, 죽음은 옛 선인들이 말했듯 누더기를 벗고 새 옷으로 갈아입는 과정이기도 하다. 가을이 깊어지면 한여름 푸르렀던 잎들이 모두 떨어져 나무는 검게 변해가지만, 그 나무는 죽은 것이 아니다. 이듬해 봄이 오면 나뭇가지마다 새순이 파릇파릇 돋아나기 때문이다.

죽음 또한 마찬가지이다. 죽음은 끝이 아닌 또 다른 시작이다. 죽음이 가진 성질을 잘 알아야 죽음을 활용하여 또 다른 기회로 삼을 수 있다.

백 살을 먹어도 삶에 아쉬움이 있고.
백 살을 먹어도 해야 할 일이 남아 있더라.
이 몸이 더 이상 활용 가치가 없다고 판단될 때,

우리는 매우 슬기로운 판단을 할 수 있어야 한다.

내가 원하는 그 무엇을 충족할 더 뛰어난 몸을 얻기 위한 준비를 하거나, 더 이상 물질 세계에 나타나지 않을 수 있는 방법을 준비해야 한다. 쓸 수 없는 것은 놓아버리는 것이 순리이다.

죽음에도 배움이 필요하다

　죽음을 맞은 사람들이 한 줌의 재가 되어 지구에서 영원히 사라지는 것을 보며, 죽음은 생을 정화해내는 필터 같다는 생각이 들었다.

　나는 30대 중반부터 지금까지 죽음이 있는 곳을 찾아다녔고, 나를 필요로 하는 곳이라면 기꺼이 머물렀다. 죽음과 더불어 살아내는 삶이 시작되었다. 죽음과 더불어 살아내는 삶을 살며 죽음이 무엇인지 탐색하게 되었고, 불법에서 그 답을 찾으려고 노력했다. 인과응보의 이치를 성찰하게 되었고, 죽음에 대해서 사실적으로 대면하면서 제행무상, 일체개고, 제법무아에 대한 가르침을 가슴으로 알아가는 여정이 펼쳐졌다. 그 가운데 나의 수행처에는 탐욕과 진심, 어리석음에서 벗어나지 못하면 어떤 고통이 따르는지 여실히 일깨우는 죽비 소리가 난무했다.

생로병사의 굴레를 도는 인간의 일생은 한순간도 고통 없는 고요가 가능하지 않다. 파란만장한 역사를 쓰다가 인연이 다하면 한 점의 티끌도 남기지 않고, 우주와도 바꿀 수 없었던 한 생의 모든 것이 깨끗이 사라지는 것, 그것이 죽음이다. 인간의 삶과 죽음은 바다의 밀물과 썰물을 닮았다.

나는 죽어가는 이들의 영적 고통을 돌보면서 인간의 존엄에 대해 성찰하게 되었고, 내가 살아내고 있는 삶의 중심에서 출렁이는 고통을 여실히 보게 되었다. 그뿐만 아니다. 생명의 고귀함과 죽음이 가지는 성스러움을 느꼈다. 한 사람의 일생이 종결되는 생의 마지막 종착점에서 모든 것은 있는 그대로, 어떤 차별도 존재하지 않는다는 것도 깨달았다.

나는 이 세상 가장 낮은 곳에 머물며 사회적 역할을 상실한, 질병 때문에 육체에서 버림받은 사람들에게, 그들의 마지막 순간이 더 외롭거나 슬프지 않도록 사문의 이름으로 곁을 지켜내는 모든 노력을 했다. 그것이 바로 나의 삶이다.

인생의 종착점인 이곳에서 필요한 나의 역할은 그들의 영적 고통을 완화하고 영적 돌봄을 통해서 인간의 존엄과 생명의 소중함 그리고 인생의 의미와 가치를 상실하지 않도록 돕는 것이다. 죽음을 딛고 원하는 또 다른 생이 가능하도록 돕는 것이 나의 구도의 길이다. 이 길이 상구보리의 길이며, 하화중생의 길이다.

이 길을 가다 보면 때때로 가시밭길 같고 정글 같고, 불빛이 없는 길고 긴 터널을 불빛 없이 달리는 자동차 같을 때도 많다. 태산을 넘었다 싶을 때, 건너야 하는 깊은 강이 기다리고 있고, 강을 간신히 건넜다 싶을 때 길이 없는 사막 같은 곳에서 길을 잃어버리고 당황할때도 수없이 많다. 무엇을 어떻게 견디고 참아내고 이겨내야 하는지 그 한계는 늘 불분명했지만, 생을 끝내고 내 곁을 떠나는 이들은 기다려주지 않았다.

떠나야 하는 사람 사람마다 살아낸 역사는 다르지만, 죽음을 맞는다는 사실은 불변하는 진리이다. 누구도 이 죽음을 거역할 수 없다면, "잘 떠나야 잘 돌아올 수도 있고, 선한 죽음은 선한 생이 탄생하는 데 기반이 된다"는 한 고승의 가르침을 우리 삶에 나침판으로 삼아야 한다.

탄생을 준비하는 마음으로 떠나 새로운 삶을 얻어서

태어난 선한 사람들이 지구를 평화로운 공존의 땅으로 일구어 갈 것이란 믿음 덕분에 내 일에 사명감과 정의감이 생겼다.

사바세계의 마지막 삶이 어떻게 하면 덜 고통스럽고, 어떻게 해야 건강한 삶과 건강한 죽음이 가능할 것인지 고민하고 탐색하는 기반은 부처님의 가르침과 조사 스님들의 논서에 있다. 그를 통해서 실천적 깨달음을 상기하며 길을 조금씩 찾아갔고, 죽음 속의 삶을 살아냈다.

수없이 많은 사연을 담은 죽음의 상황을 만나며 '죽음이란 무엇인가'란 원초적인 질문을 화두로 삼고, 생사가 없는 이치를 확연히 알기 위해 부처님 가르침을 기반으로 지금 이 죽음의 질은 무엇이 원인이며, 어떤 연然으로 이와 같은 고통이 탄생하는지 탐색해 나가는 노력을 지금도 계속하고 있다.

러시아의 대문호 도스토옙스키의 말처럼, 여전히 내가 가장 모르는 것이 죽음이라는 것을 깨닫곤 한다. 그렇다. 나는 죽음이 무엇인지 모른다. 하지만 죽음을 앞둔 사람들은 내게 끊임없이 묻는다.

"스님! 죽는다는 것은 무엇입니까?"

"죽으면 어떻게 될까요?"

부처님처럼 답을 줄 수 없지만, 이 죽음은 끝이 아닐 뿐더러 우리는 수없이 죽었고, 태어났을 것이다. 이번에도 그 전과 다르지 않는 경험을 하게 되는 것이라면 살아낸 이번 생보다 다음 생이 나아질 수 있도록 전략을 잘 만들어야 하지 않겠는가. 이 글을 읽는 당신에게도 이런 질문을 던진다.

마더 테레사 수녀가 생전에 했던 말을 상기한다.

"당신을 만난 모든 사람이 당신과 헤어질 때 더 나아지고 행복해질 수 있도록 하라."

죽음은 생과 또 다른 생의 중간에 있는 짧은 이별이다. 죽음이란 이름을 붙인 이 작별이 조금 더 괜찮을 수 있도록, 수용하지 않을 수 없는 절대 과제임을 일깨울 수 있도록, 나는 그들 곁에 함께하고 싶다.

그대가 원하는 곳으로

부처님께서 한 마을에 머물고 계실 때 일이다. 어느 여인이 죽은 아이를 안고 부처님을 찾아왔다. 여인은 제발 죽은 아이를 다시 살아나게 해달라고 눈물로 애원했고, 부처님께서는 여인에게 사람이 한 번도 죽은 적 없는 집을 찾아가 겨자씨를 구해 오라고 하셨다. 그러면 아이를 살려주겠다고 말이다. 여인은 사방팔방 온 동네 이 집 저 집을 돌아다녔지만 결국 겨자씨를 구하지 못했다. 사람이 한 번도 죽은 적이 없는 집을 찾지 못했기 때문이다. 그제야 여인은 '이 세상의 모든 생명은 언젠가 죽는다'라는 진리를 깨달았다.

우리는 모두 언젠가 죽는다는 사실을 알고 있다. 그

사실을 알면서도 모르는 것처럼 살아가고 있을 뿐이다. 진짜 모르는 것이 있다면 그건 바로 죽음 이후의 세계일 것이다. 삶의 마지막을 준비하는 사람들에게 자주 듣는 질문이 있다.

스님, 죽으면 어디로 가나요?

다시 태어날 수 있나요?

사람 몸을 다시 받을 수 있나요?

어떻게 하면 극락세계로 왕생하는 거죠?

죽으면 영원히 제 존재가 사라지나요?

그동안 죽은 사람들은 다 이디에 있는 걸까요?

영혼은 어떤 모습인가요?

천국은 있을까요?

가족을 만날 수 있을까요?

잠자는 것처럼 천년만년 내 존재가 잠드는 걸까요?

하느님이나 부처님이 그곳에 없으면 어떻게 하죠?

누구에게 물어봐야 하나요?

내가 가야 할 곳을 찾지 못할 때 누가 도와주나요?

《티벳 사자의 서》에서는 인간이 육체를 놓으면 빛이 된다고 했는데, 정말 빛이 되는 건가요?

나는 다시 태어나고 싶지 않은데 어디로 가야 할까요?

죽으면 무엇이 남게 되나요?

지옥은 정말 있을까요?

나에게 원한을 가진 사람을 죽어서 다시 만날까요?

인류는 아득한 옛날부터 죽음 그 너머에 어떤 세계가 존재하는지 몹시 궁금해했다. 많은 사람들이 사후세계에 대한 연구를 거듭했고, 죽었다가 살아났다는 사람들이 생겨났다. 환생을 했다고 말하는 사람들도 있다. 그럼에도 우리는 죽음 그 이후의 세계를 정확히 알 수 없다. 그래서 죽으면 어디로 가는지 묻는 질문을 받을 때마다 어떻게 대답해야 할지 막막했다. 어찌하면 긴박하고 숨막히는 마지막 순간에 극락왕생할 수 있는 길을, 더 높은 차원의 재생이 가능하다는 사실을 알려드릴 수 있는지 고민을 거듭해오고 있다.

죽음을 모르면 더 큰 공포감이 일어나고 사후에 대한 알 수 없는 두려움이 커진다. 그래서 끝까지 삶에 집착하는 모습을 보이다가 떠나는 사람들이 많다. 다음 생에 대한 확신, 왕생에 대한 확고한 믿음, 재생에 대한 올바른 지식과 방법에 대한 배움이 부족하기 때문이다.

호스피스의 길에 처음 발을 들여놓았을 때 죽음을 두려워하고 불안해하는 불교 신도들을 보며 많이 안타까

왔다. 그때 찾은 것이 바로 정토신앙이다. 정토신앙에서는 누구든지 극락세계가 존재한다는 것을 믿고 아미타불에 대한 믿음으로 염불하면 극락세계에서 다시 태어날 수 있다고 한다.

우리는 행복하고 안락한 곳 또는 어떤 이상세계를 그릴 때 '극락極樂'이라는 표현을 자주 쓴다. 극락이란 범어로 'sukhavati' '행복이 있는 곳'을 뜻한다. 그렇다. 극락은 행복이 존재하는 곳이다. 부처님께서는 〈아미타경〉에서 이렇게 말씀하셨다.

"사리불이여, 그 국토를 어찌하여 극락이라 부르는지 아는가? 그 나라의 사람들은 오직 즐거움 속에서 살 뿐 아무런 고통이 없기에 극락이라 한다."

어떤 고통도 없고 오직 즐거움만 존재하는 곳이라면 온 인류가 바라는 세계가 곧 극락일 것이다. 그렇다면 극락에 가기 위해 우리는 무엇을 해야 할까? 평소 공덕을 많이 짓고 지혜도 쌓으며 수행을 잘해야 한다. 우리는 원하는 생을 얻기 위해 '지금 여기'에서 어떻게 살아야 할지 생각하고 또 생각해볼 일이다.

중요한 건 극락이 삶의 최종 단계, 구원의 마지막 단계가 아니라는 사실이다. 그저 삶의 한 과정일 뿐이다. 죽음 앞에서 우리가 할 수 있는 건 죽음을 이생보다 더 나은 삶, 더 행복하고 자유롭고 평화로운 삶, 가치 있고 의미 있는 삶을 살기 위한 기회로 삼는 것이다.

내가 자재병원을 짓게 된 이유 중 하나도 '지금 여기'에서의 삶을 통해 더 환한 '또 다른 삶'으로 나아가길 바라는 마음 때문이었다. 좀더 편안하고 평화로운 분위기 속에서 마지막 여정을 준비할 수 있도록 돕고 싶었다. 많은 이들이 정토마을 뜨락에서 또 다른 삶으로 이어갈 수 있기를 진심으로 바란다. 나는 그저 가교역할이면 족하다.

아버지 무덤가에서 인사를 올립니다

아버지! 꿈결같이 지나간 무심한 세월 속 기억을 더듬어보니 아버지의 손을 잡고 나란히 걸어본 적이 한 번도 없습니다. 아버지의 인생은 참 험하고 고단했고, 그래서 어린 시절 제게 아버지는 가끔 다녀가는 손님 같은 분이셨습니다. 한평생 땅보다 물을 딛고 산 세월이 더 많았으니까요.

아버지는 40년 동안 배를 타는 어부셨습니다. 그 긴긴 세월 망망한 바다에서 파도와 싸우셨던 아버지, 먼바다를 돌아 망태기에 생선을 가득 담아 들고 오셔선 어린 새끼들 얼굴을 부비며 행복을 일구셨던 아버지! 당신께옵서 떠나시고 없는 빈자리에 공허한 바람이 일어납니다.

자식 일이라면 어떤 고생도 마다하지 않으시던 아버지. 아버지가 말없이 누워 계신 묘지 앞에 앉아 먼바다를 바라봅니다. 솔바람이 허허한 가슴 속으로 지나갑니다. 묘지 앞에 펼쳐진 눈부신 바다 위로 당신의 삶이 그려집니다. 아버지, 왜 이리 가슴이 메어옵니까? 영영 떠나신 빈자리에는 그리움의 꽃이 피어납니다.

차마 갚지 못할 사랑이신 아버지, 갈퀴같이 억센 손 다정히 한번 잡아드리지도 못한 이 불효를 어이 하오리. 장애를 가진 몸이었지만 오직 자식을 위해 거친 파도 속에서 고기잡이로 청춘을 다 보내시고도 그 세월을 아까워할 줄 모르시던 아버지. 듣지도 말하지도 못 하시는 그 몸으로 성한 사람들 틈에 끼여 살던 그 고생 어떠했을지 생각하면 목이 메어옵니다. 5남매 키우시느라 자신의 일생을 아낌없이 바치신 당신. 당신의 딸로 당신에게서 배운 조건 없는 사랑으로 꽃피우는 삶을 살아가려 합니다.

두 아들 장가보내고 손자손녀 보시고 떠나시던 그날까지 손자를 챙기시던 아버지. 당신의 구릿빛 이마에 골 같이 깊이 팬 주름살 사이로 불효의 눈물 떨구옵니다.

바다에서 지친 몸으로 돌아와 몇 마지기 땅을 갈아 농사를 지으시던 내 아버지. 다 늙어 중년이 되어버린 자식 얼굴을 두 손으로 만지며 내 자식이 맞는지 다시 확인하시던 당신! 그렇게도 사랑하던 새끼들 두고 어이 가셨을까요.

아버지, 이제야 당신이 그립습니다. 흘러가는 구름만 보아도 생각이 납니다. 떠나시기 며칠 전 당신 곁에서 국에 밥을 말아 한술 떠 넣어 드린 것이 전부입니다. 아버지 누워 계신 묏등에는 아직 흙도 마르지 않았는데, 어느새 꽃도 피고 새도 우는 4월입니다.

아버지 재를 올리려고 장을 보러 갔습니다. 사람도 많고 물건도 어찌 그리 많은지. 우리 아버지 휠체어에 모시고 이런 곳이라도 같이 한번 와보았더라면. 무엇이 그리도 바쁜지 과자봉지 위로 떨어지는 눈물 훔치며 나물을 샀습니다. 한 번도 기뻐하시는 모습 보지 못한 것이, 한 번도 손잡고 걸어보지 못한 것이 이리도 후회될 줄 몰랐습니다.

부처님 가르침의 근본이 효이건만, 죄 많아 지옥에 가더라도 부모에게 효도한 자는 무거운 죄도 덜어준다는데 저는 어이해야 할까요. 살을 빌리고 뼈를 빌려 그것도 모자라서 한 생애의 노고를 생각도 없이 받아먹었으니 수미산 같은 이 은혜를, 한없는 사랑을 어찌 갚아야 하나요. 아버지 떠나신 빈자리에 눈물로만 남습니다. 후회로만 남습니다.

가슴이 미어지도록 갈퀴같이 억세고 거친 당신의 따스한 손이 그립습니다. 언제 다시 뵐 수 있을지, 부디 극락왕생하시어 부처님 회상에서 다시 만날 수 있기를 기도합니다.

말없이 바다를 바라보고 누워 계신 아버지 묏등에 앉아서 이 글을 씁니다. 할미꽃이 소담스럽습니다. 이름 모를 들꽃도 향기롭습니다. 아버지 누워 계신 가슴팍에 눈물만 떨구다 승복 자락 묻은 흙 툴툴 털고 돌아갑니다. 정토에 태어나소서, 아버지. 아미타불.

태조산 금강이도 힘을 보태고

2002년 봄, 완화의료 전문병원 설립 계획을 세우고, '병원 불사부지 마련을 위한 천일기도'를 시작했다. 정토마을에서 투병 중이던 도반 스님이 왼쪽 손으로 목탁을 치며 기도하는 동안, 나는 탁발을 나섰다. 만등불사 3년 기도가 끝날 무렵 약간의 모금액이 모였다.

경상도 언양, 경주, 양산을 중심으로 무려 백 군데가 넘게 땅을 보러 다녔다. 돈에 맞추면 땅이 쓸모없고, 땅이 마음에 들면 돈이 맞지 않았다. 나타나지 않는 땅이 야속해 병원 건립은 내 소임이 아닌가 보다 생각했다. 속으로는 참 잘됐다 싶었다. 땅이 없으니 병원 지을 일이 없고, 병원을 짓지 않으면 고생이 끝나니 또 좋았다.

마침 송광사 방장 큰스님께서 부산에 잠시 들르셨다기에 부산으로 찾아뵈었다. 큰스님을 떠올리면 언제나 우레 같은 목소리와 자애로운 모습이 교차했다. 공부하는 학인 스님들을 위해 손수 재래시장에 나가서 장 보시는 모습을 먼발치에서 뵌 적이 있었다. 어버이가 자식을 돌보듯 학인 스님들을 돌보시는 큰스님의 모습을 뵌 이후로 나는 마음속으로 큰 존경심을 품게 되었다.

'나도 저런 마음으로 환자들을 돌보리라.'

힘들 때마다 큰스님을 떠올리며 마음을 다잡곤 했다.

큰스님을 뵙고 이리 말씀드렸다.

"낼모레면 천일기도가 끝나는데 아직 땅이 나타나지 않으니 아무래도 이번 일은 제 소임이 아닌가 봅니다."

내심 "그래, 인연 따라 하는 게지"라고 말씀하시면 나는 그냥 정토마을에 안주할 심산이었다. 그런데 우레 같은 목소리로 불호령이 떨어졌다.

"부처님 제자가 부처님께 기도해서 원력을 성취하는 것이지, 기도는 해왔나?"

"천일기도 했심니더."

기어들어 가는 목소리로 그리 말씀드렸다.

그러자 큰스님께서 답답하신 듯 말씀하셨다.

"야가 지금 뭐라카노. 자네가 기도나 했나 말이다."

나는 기가 죽어 다시 기어들어 가는 목소리로 말했다.

"못 했십니더. 우짜모 좋을까예."

"기도하러 가그라. 보궁으로 가서 죽기 살기로 기도해 봐라."

"안거철에 어느 보궁으로 가야 할지……"

기도는 제대로 하지 않고 목탁 타령을 하는 나에게 방장스님은 증엄 스님의 기도 원력을 전해주셨다. 증엄 스님은 대만 화련에서 의료복지 불사와 교육 불사 그리고 세계적인 긴급구호체제를 갖추고 세계를 무대로 중생들의 고통을 덜어주는 소임을 맡고 계셨다.

"자네도 해봐라. 할 수 있다."

다른 어른 스님들은 공부하라는 말씀을 강조하시는데…… 천둥 같은 죽비와 따사로운 자비로 내 꿈을 일깨워주시는 큰스님의 자애심에 마음 깊은 곳에서 눈물이 차올랐다.

'그래, 보궁으로 가자!'

천일기도 한 달을 남기고, 바퀴가 굴러가는 대로 차를 몰았다. 전문가 과정 호스피스 여름교육을 마친 다음 날이라 지치고 피곤해 기도가 될까 싶은 심정이었지만, 큰스님의 벼락같은 소리가 귓전에 울려서 부랴부랴 기도

하러 떠났다.

자동차는 구미 태조산 도리사 간판 앞에 멈추었다. 꽤 높은 산이었다. '적멸보궁이 있다는 소리는 들어본 적 없는데……' 생각할 즈음 적멸보궁 푯말이 눈에 들어왔다. 신비한 느낌마저 들었다. 어른스님께 인사를 드리고 기도의 사연을 말씀드렸다.

"그래요, 우리 스님들과 재가자들을 위한 병원이 꼭 필요하지요."

어른스님은 혼자 머물 방뿐만 아니라 용기까지 주셨다. 높은 청기와집 방 한 칸을 고맙게 얻고 경내를 돌아보니 도리사 적멸보궁이 나를 기다리고 있었다. 얼마나 반갑던지 부처님께 연거푸 '고맙심니더'라고 인사를 드리고 방사로 내려왔다.

다음 날 새벽 3시, 천지만물이 도량석 목탁소리에 잠에서 깨어날 즈음 태조산을 밑에 깔고 하룻밤을 자고 일어났다. 가파른 백팔계단을 올라오니 숨이 찼다. 하루를 그렇게 오르락내리락하면서 보내고 다시 새벽이 찾아왔다. 또 새날을 맞이한 것이다. 얼마 만에 얻은 소중한 시간인가. 텅 비어버린 껍질 속에 새벽바람이 스쳐 제법 선선했다. 조용히 어둠 속에 묻힌 사리탑을 향해 목탁을 내렸다.

얼마나 지났을까, 등 뒤로 무엇이 스치고 지나는 느낌이 들었다, 살짝 뒤를 돌아보니 짐승 같았다. 산이 깊어 짐승들이 내려오나 보다 생각했다. 더워서 사방의 문을 열어젖히고 있어 선선한 바람이 장삼 자락을 팔랑팔랑 지나갔다. 그런데 갑자기 등 뒤에서 "어~ 어~" 하는 울음소리가 들렸다. 무슨 소리가 저렇게 섬뜩할까 싶어 다시 뒤를 돌아보니 흡사 개처럼 생긴 허연 짐승 한 마리가 서서 까만 허공을 향해 울고 있다.

　"어~ 어~"

　그 옛날 여름밤 총총 널린 별을 덮고 멍석에 누워 듣던 우리 할매의 이야기가 번개처럼 뇌리를 스쳐 지나갔다.

　"옥녀봉 중턱에서 들려오는 저 소리 안 있나. 저게 무신 소리인 줄 아나? 여시 소리인기라. 여시는 사람을 만나면 머리를 훌쩍훌쩍 뛰어넘는데, 그리 하모 사람이 넋이 빠져서 시름시름 앓다가 죽제. 여시는 요물인기라, 요물. 밤에 함부로 다니면 큰일나는기라. 여시 만나믄 우짤끼고. 어둡기 전에 놀다가 얼른 들어오니라."

　"야. 알았서예. 근데 할매. 와 여시는 '어~ 어~' 하고 우노?"

　"장화와 홍련이처럼 처녀가 억울하게 죽으면 여시 구신이 안 되겠나. 저그 계모한테 복수할라꼬. 여시는 둔

갑을 잘하는기라. 할매도 되고 처녀도 되고, 맘만 묵으면 뭐든지 되는기라. 저기 왔다 갔다 하는 퍼런 불이 여시 눈인기라. 옛날에 너그 할배 동무도 여시한테 홀려서 시름시름 앓다가 안 죽었나."

"할매, 저 소리 진짜 무섭다. 그자?"

수십 년 전에 돌아가신 할매 모습이 생생히 떠오르면서 그때 들려주신 여시 이야기가 어디 있다가 이리도 빨리 떠오르는 걸까. 까맣게 잊고 있던 할매 얼굴까지.

여시가 내려온 게다. 그 무서운 여시가 내 등 서너 발자국 뒤에 서서 우는 게다. 펄쩍 뛰어서 내 머리를 훌쩍 넘어가면 어쩌나. 참말로 넋이 빠지게 될까…… 번뇌가 꼬리를 물었다.

'지가 설마 부처님 계신 적멸보궁에 뛰어들라고. 아무리 무지한 짐승이라도 그것은 알겠지.'

그렇게 생각해도 울음소리가 들려올 때마다 등이 오싹오싹했다. 어쩔 수 없었다. 태조산 적멸보궁에 저 여시하고 나밖에 없으니 마음을 가라앉히고 여시를 타일러 보는 수밖에.

"야야, 내 말 잘 들어봐라. 여기가 어딘 줄 알고 왔노. 여기는 천년 역사가 흐르는 한국불교 최초의 성지다, 성지. 그라고 지금 니가 우는 이곳은 석가모니 부처님의 진

신사리가 모셔진 적멸보궁인기라. 여기 와서 그 요상한 소리를 내며 울면 우야노. 내려가든지 올라가든지 어여 가그라."

슬며시 측은지심이 일었다.

"안 갈라카믄 울지 말고 시님 염불 따라하며 축생의 몸이나 벗어버리거라. 알았제?"

내 말의 뜻을 알아듣는 건지, 못 알아듣는 건지. 녀석은 간간이 목을 빼고 울었다.

'말도 못 알아듣는 무지한 여시 때문에 참말로 죽겠네. 큰일이네. 앞으로 열흘은 넘게 더 오르락내리락해야 하는데⋯⋯'

여시와 한참 기싸움을 하고 있는데 바람이 불어 왼쪽 문이 쾅 하고 깨지는 소리를 내면서 닫혔다. 송광사 큰스님 목소리보다 더 크고 무서웠다.

"네 맘대로 해라. 나도 모르겠다."

마음을 다잡고 "석가모니불, 석가모니불" 외니, 어쩜 그리도 일념이 잘 되는지, 한참을 기도하고 났더니 눈앞의 사리탑이 희미하게 밝아왔다. 등 뒤를 살펴보니 그 녀석은 어디로 갔는지 흔적도 없다. 새벽 5시. 기도를 끝내고 절벽 같은 계단을 내려오는데 다리의 힘이 하나도 없었다.

아침이 지나고 오후가 되었다. 매미들이 떼 지어 울어대는 나무 밑에 앉아 있는데 저만치 있는 물체 하나로 눈길이 갔다. 마당 앞에 엎어져 자고 있는 저놈은 누굴까. 가만히 다가가서 보니, 오늘 새벽에 본 녀석하고 비슷하게 생겼다.

보살님에게 물었더니 이름이 금강이란다. 오늘 새벽 적멸보궁에 여우가 나타나서 한참을 울고 갔다고 말했더니, 옆에서 보살님이 "아인데요, 금강이가 우는 소리였어예"라고 했다.

"그람 쟈가 개요, 여우요?"

"진돗개라예."

"그런데 진돗개가 와 여우처럼 운대요?"

금강이는 우리 대화는 아랑곳하지 않고 엎어져서 꾸벅꾸벅 졸고 있었다.

"아, 쟈는 수놈이고 잘생긴 암놈이 한 마리 있었는데, 어제 암놈을 다른 곳으로 보냈더니 쟈가 새벽에 걔 찾느라고 울었지예."

"아인데, 여우 우는 소리던데……."

"아닙니더. 금강이가 울었어예."

이럴 땐 본인에게 확인해봐야 한다.

"금강아, 니가 울었나?"

금강이는 커다란 눈만 껌벅일 뿐이다. 오랜만에 기도를 왔더니 별 장애가 다 생겼다.

금강이의 머리를 쓰다듬으며 부탁했다.

"금강아, 오늘 밤부터 시님이 보궁에 갈 때 함께 따라가서 기다렸다가 함께 내려오기다. 알았제? 그리고 새벽에는 시님을 보궁까지 데려다주고 밑에서 자다가 기도가 끝나믄 다시 데려다줘야 해. 알았제? 그래야 오늘 새벽에 니가 나 놀라게 한 죄 용서하제. 니가 울었제? 엉 맞제?"

금강이는 순진무구한 표정으로 꼬리를 흔들었다. 맞다는 말인지, 아니란 말인지······

어둠이 저녁 허공에 설설 내릴 때쯤 금강이를 불렀더니, 어슬렁어슬렁 양반걸음을 하고 나타나 말없이 앞장섰다.

그날부터 금강이는 내가 기도에 집중할 때까지 어간 문간에 꼬리를 내리고 앉아 있었다. 새벽과 늦은 저녁에도 호법견이 되어 동행해주었다. "가지 말그라." 하면 "어여 기도나 하소." 하는 표정으로 바라보다가 새벽빛이 밝아오면 어디론가 사라졌다.

저녁이 되면 문밖에 앉아서 기다려주었고, 기도가 깊어질 때쯤에도 그냥 그곳에 있어주었다. 배려와 돌봄을 동시에 할 줄 아는 사려 깊은 금강이를 잊을 수가 없다. 그날 이후로 도리사 적멸보궁에는 여시가 나타나지 않았다.

청량하고 고요한 그곳에서 금강이의 도움을 받으며 나는 몸과 마음을 놓고 죽기 살기로 목탁을 들었다. 어른스님은 먼발치에서 조용히 나의 행보를 지켜봐 주셨다.

기도를 마치고 떠나올 때 금강이에게 고맙다는 인사를 하고 싶었지만, 비가 억수로 오는 데다가 금강이가 어디서 쉬고 있는지 보이지 않아서 그냥 떠나야 했다.

축생도 기도를 도우니 좋은 일이 있겠구나 하는 마음에 설레었고, 입가에는 웃음이 연신 번졌다.

"금강아, 너는 지금쯤 어디에 있니? 그 시절 네가 준 작은 도움이 지금 이렇게 불교 전문호스피스 병원의 탄생에 밑거름이 되었구나. 알고 함께했을지, 모르고 함께했을지 모르겠지만, 그 공덕으로 너도 축생의 몸 버리고 인간으로 태어나 부처님 법 만났기를 기도할게. 고마웠어."

언양 땅에 닻을 내리고

드디어 바라던 땅이 나타났다. 3년 동안 백 군데 넘게 둘러본 땅 중에서 우리 공동체가 이루어야 할 꿈을 구체적으로 펼쳐볼 수 있는 땅을 만났다.

언양! 3년 전, 맨 처음 살핀 곳이 바로 언양이었다. 그 땅을 보자 '앗, 이거다!' 싶었다. 순간 꿈이 눈앞에 펼쳐졌고, 내 머릿속에는 이미 모든 설계가 끝나 있었다. 소박하고 따뜻하며 다정다감한 병원이 머릿속에 차곡차곡 세워졌다. 푸른 나무와 아름다운 사철 꽃이 가득한 정원, 어떤 환자든지 1인 1실의 권리를 누릴 수 있는, 기쁨만이 일렁이는 정토! 그것이 내 꿈이었다. 확신이 들자 머리가 팽팽 돌고 정신이 번쩍 들었다.

'소임! 그래, 불사佛事는 부처님께서 맡기신 소임이지.'

곧바로 그 '꿈의 땅'을 어떻게 할 것인지를 두고 정토 이사회가 열렸고 열띤 토론이 펼쳐졌다. 문제는 돈이었다. 원래는 30억 원 상당의 땅이었는데, 경매로 나와 십수억 원이라고 했다. 하지만 절집에서는 이 돈도 어마하게 큰 액수였다. 이 큰돈을 주고 언양 땅을 살 것인지 말 것인지가 관건이었다. 회의 시간이 길어질수록 어른스님들의 표정이 근심으로 굳어갔다. 모두가 한결같이 '억' 소리 나는 돈을 어떻게 구할지 난감해했다. 하지만 회의 결과는 '씨 뿌리자'였다. 일단 밀어붙이기로 하고 이사회를 마쳤다.

나는 그 길로 곧장 예천에 있는 사숙님 절에 갔다. 걷잡을 수 없는 내 마음을 알았는지 사숙님은 당신 혼자 쓰던 작은 암자 방을 내어주었다. 그러고는 푹 쉬고 아침까지 내려오지 말라며 문을 잠그고 내려갔다.

'아무 생각 말고 그냥 자자.'

밤새 죽은 것처럼 잠을 잤다. 등이 아프도록 아침까지 숙면을 취했다. 오롯이 죽어 있다가 해가 동산 저만치에 떴을 때 나는 부활하듯 깨어나서 작은 암자를 떠나왔다. 살펴주는 자비심에 가슴이 뜨거워졌는지 내딛는 걸음마다 눈물이 동행했다.

이유 없는 눈물에 놀라 관세음보살을 큰 소리로 부르니 가슴이 미어졌다. 그래서 더 큰 소리로 관세음보살을 불렀다. 양 볼을 타고 후드득 가을 낙엽처럼 앞섶에 떨어지는 눈물은 세 시간을 달려도 그칠 줄 몰랐다. 두렵고 막막했다. 누군가를 붙잡고 하소연할 수도 없는 심정에 목 놓아 울고 있었다. 10월 5일이 부지 매입 확정일인데 손에 쥔 건 아무것도 없었다.

차를 몰고 괴산을 지나 고불고개를 넘어오니 남은 눈물이 다시 흘러내렸다. 이 세상에는 정토에 뜨는 별보다 더 많은 게 돈일 텐데……

정토마을로 돌아오니 죽음을 앞둔 분들을 위해 영정사진을 보시하는 임 기자님이 와 계셨다. 거사님께 부탁해 사진을 여러 장 찍어두었다. 식구들이 모두 모여 찍고 또 찍었다.

한 사람 한 사람의 얼굴에 그들의 바람이 녹아 있었다. 인간답게 살다가 인간답게 죽어가도록 최선을 다하고픈 마음이 지문처럼 찍혔다. 그것은 우리가 꾸는 아름다운 미래였다. 저마다의 이름으로 촘촘히 박혀 완성된 푸른 꿈.

그 순간 생각했다.

'전진해야겠다. 어떤 장애물에도 개의치 말고 부처님

말씀대로 무소의 뿔처럼, 저 거친 파도를 넘어 모든 중생이 온전한 죽음을 맞이하는 그날까지 쉬지 않고 걸어가야겠다.'

우여곡절 끝에 피 마르는 경매를 거쳐 드디어 병원부지 매입에 성공했다. 그런데 아무리 세상을 몰라도 분수가 있지, 어떻게 이런 일이……

내 인생에 자주 등장하는 문구가 있다. '아는 것이 병이다.' 그래서 모르고 뛰어든 일이 한두 가지가 아니다. 아마 미리 알았다면 절대로 뛰어들지 않았을 일들이 지나고 보니 무척 많다. 특히 호스피스 일이 그중 하나일 테고, 말로만 듣던 경매를 통해서 땅을 구입하는 일 또한 마찬가지였다. 그런 일을 내가 경험하게 될 줄 몰랐다.

공장이 부도나고 4년간 방치한 땅이라고 했다. 그 땅이 마음에 든 나머지, 낙찰을 받으면 한 달 안에 잔금을 치러야 한다는 사실도 모른 채 경매에 뛰어들었다. 직원들이 이야기를 했다는데 나는 들은 기억이 없었다. 낙찰을 받은 다음 날 그 사실을 알았다. 1년도 아니고 한 달이라니…… 아무 생각도 없었다. 머릿속이 하얗다 못해 아무 생각도 일어나지 않는 상태에서 한낮을 지내다 그냥 긴 잠에 빠졌다.

사흘째 되는 날 새벽 3시에 전화벨이 울렸다. 은사스님이셨다.

"지금 자나?"

"예."

"잠이 오니……"

"예."

"그래, 자그라……"

조용히 전화를 끊으셨다.

다음 날 노스님께 전화를 드렸더니, 우리 은사스님은 나 때문에 발 뻗고 잠도 못 주무신다고 말씀하셨다. 세상에 나 같은 상좌가 또 있을까. 어쩌면 이리도 스승의 애를 태우고 말도 안 듣고 일만 저질러놓는지 모르겠다.

그 순간 한 어른스님께서 하신 말씀이 생각났다.

"탁발을 잘해야 부처님 제자지. 탁발을……"

그래, 탁발을 나가자. 그 수밖에 없지 않은가. 잔금일까지 남은 시간은 19일.

2005년 10월 7일, 정토마을을 나섰다. 오라는 곳 없어도 갈 곳을 찾아 차를 몰았다. 파랗다 못해 짙푸른 하늘과 바다를 벗 삼아 가는 길에 구름도 선들선들 바람을 따라왔다. 누렇게 익은 가을 들판에 나락들이 땅을 향해 고개를 숙이고, 꽃잎이 길을 덮고 누워 있었다. 허허로운 들판을 안고 나는 부안을 향해 차를 몰았다.

　내 마음 바다에 지칠 줄 모르고 떠오르는 그림들 때문에 탁발 만행조차 즐거웠다. 하얀 집을 지었다가 빨간 집을 지었다가, 정원에 작약을 심었다가 백련을 심었다가, 아기자기한 연못을 만들었다가, 휠체어 모델을 그려 봤다가, 임종실에 대한 연구를 했다가, 이랬다가 저랬다가…… 돈을 찾아 천지사방을 헤매다니면서도 마냥 즐거웠다. 걱정하시는 스님들을 생각하면 송구스러웠지만 설렘이 목까지 차올랐다.

　조립식으로 어설프게 지어진 정토마을 작은 집에 사는 우리 가족들과, 잔잔한 미소를 남기고 떠난 그네들이 떠올랐다. 방음이 되지 않아 옆방에서 죽어가는 신음소리를 고스란히 들어야했던 가족들, 조금만 덜 아파도 입소할 수 없었던 환자들 때문에 가슴 아팠던 지난날, 스님과 재가자가 한 병동을 이용하면서 서로 다른 문화와 정서 때문에 겪어야 했던 갈등이 주마등처럼 스쳐 지나갔다. 사회와 가정에서 고통받다 정토마을에 온 식구들에게 편안하고 쾌적한 시설을 제공할 수 없어 그저 미안했던 지난 5년 세월이 후룩 되감겼다. 그들이 좀 더 행복하게 머물다가 편안한 죽음을 맞이할 수만 있다면 무엇이 두려울까.

경주 함월사 큰스님께서는 정토마을 환자들의 의료기기가 부서지거나 필요하면 사비를 털어서라도 언제든지 사주셨기에 어려움 중에도 큰 힘과 용기가 되었다. 불교계 많은 어른스님들의 지지와 격려 속에서 탁발은 속도를 더해갔다.

바퀴가 굴러가는 대로 헤매길 닷새째, 운문사에 들어서니 갈잎들이 물들 채비를 하고 있었다. 만날 죽어가는 이들만 보다가 눈동자 말간 젊은 학인스님들을 보니 가슴이 벅찼다. 건강한 그들의 모습이 고마웠다. 이슬 머금은 꽃잎 같은 구도자들의 미소가 소진된 기운을 채워주었다. 그 향기에 기운이 났다.

고마운 마음을 가슴 가득 담고 까만 하늘에 뜬 반달을 벗 삼아 담양에서 하룻밤을 지냈다. 바랑 밑바닥을 단단히 꿰맨 후 나섰지만, 큰절은 너무 커서 돈이 없고, 작은절은 너무 작아서 돈이 없었다. 그래도 즐거웠다. 밤은 화살처럼 빠르게 지나가고 해는 금세 서산으로 저물었다. 그래도 붉게 타는 서산 해가 아름답기 그지없었다.

'해가 지면 또 한 날짜 넘어갈 텐데, 부지런히 쉬지 말고 탁발 길을 돌아야지. 오늘이 며칠이고, 28일까지 몇 날 남았을까.'

걱정되면서도, 한편으로는 나를 기다려주는 가족들이 있어 가슴 시리게 고마웠다. 털털거리며 달려주는 자동차가 있어 더욱 고마운 만행 길이었다. 처처곳곳에서 나와 같은 마음으로 함께 뛰어주는 이들이 있었다. 돈이 구해지면 서로 문자로 액수를 알려주고 격려하면서 어른 스님들과 모든 여정을 함께했다.

결국 22일 만에 잔금 전액을 모금할 수 있었고, 언양 석남사 2킬로미터 아래에 병원을 지을 둥지를 마련할 수 있었다. 그리고 마침내 2006년 3월, 법인으로 등기가 마무리되자 4월에 언양 땅에 병원불사 캠프를 치고 또다시 탁발에 나섰다.

구도의 길에서 마주친 수없이 많은 경험들과 그 과정에서 얻은 걸림 없이 굽이치는 설렘과 이 벅찬 행복! 그저 감사하고 감사할 뿐 달리 어떤 말로도 표현할 길이 없다.

다시 봄이다

새벽 개울물 소리가 참 좋다. 창을 여니 산빛이 곱다. 꽃들이 숲을 채우며 어느덧 여름꽃이 태양 아래 땅을 베고 피어난다. 꿈같이 하루가 흐르고 또 하루가 흐른다. 지저귀는 새소리에 문을 열고 마당에 나가보니 그네에 앉아 있는 스님이 보인다.

"스님! 풍경소리, 목탁소리가 우째 이리 좋은교. 뼈에 사무치도록 좋습니더. 갈 날이 얼마 안 남았나 보네. 꽃 피는 이곳이 이리 좋은데……"

앙상한 뼈마디와 암 덩어리뿐인 육신을 끌어안고 때때로 일어나는 구토와 통증을 견디며 먼 산에 시선을 둔 그의 읊조림이 따뜻한 봄기운을 타고 마음속으로 퍼졌다. 스님은 아마도 그간 살아온 흔적들을 생각하며 회상에 잠긴 듯하다.

병든 육신을 끌고 법당에서 삼보께 예경하는 거룩한 구도자여!

병고와 죽음 앞에 서니 두 눈이 더욱 환하다. 곧게 앉아 두 손을 모은 모습은 부처님이었다. 아름다운 구도자는 부처님의 모습으로 봄꽃 핀 그날에 사바를 훌쩍 떠났다.

"시님도 열심히 정진하소. 다음 생에 다시 만나면 그때는 내가 시님에게 잘해줄게. 멋지게 살다 오소."

가녀린 두 손으로 내 손을 잡으며 힘을 주었다.

손을 맞잡고 눈물을 떨구는 내게 "그냥 하시면 되지……"라고 했다. 내 얼굴에 흐르는 눈물을 닦아주며 "잘할 수 있지? 계속 옆에 있어 주고 싶지만 나는 너무 늦어 버렸어……" 하며 온화한 눈빛으로 바라봐주던 스님. 그 스님이 떠난 지 벌써 한 해가 지나 다시 봄이다.

돌아보면, 죽음의 종착역에서 만났던 그들은 모두가 다 부처요, 스승이었다. 그들은 제법실상諸法實相의 진리를 그대로 설하고 증명해 보였다. 한 줌의 재로 허공에 흩어지는 그 순간까지도 우리에게 무상의 노래를 들려주었고, 인생이 그런 것인 줄 사무치게 알아 수행 정진하여 생로병사의 고통를 벗어나 니르바나를 성취하라고 다독여주었다.

정토마을에도 꽃이 피려나. 첫 주자로 목련이 하얀 제 목을 뾰족이 내밀고 서 있다. 살고 죽는 일을 낮과 밤처럼 마주하는 이곳 정토마을 사람들. 하루일과가 시작되어 분주한 정토마을에도 봄이 내린다.

순환하는 계절, 다시 꽃 피는 춘삼월이 오듯, 떠나면 만나고 머무는 일이 시절인연인 줄 알아 어제의 이별을 그리 서러워하지 않나 보다. 지난봄에 봄꽃이 좋다고 하시던 스님은 이승을 훌쩍 떠나고 다시 봄이다. 곧 정토마을 뜨락에 칭꽃이 필 것이다.